KB268722

「어머나, 이러면 안 되지. 그럼 나루미 군도 이리 와, 혼자지?」
"엑."

세라 키쿄우
A반 최고의 재녀.
재능, 미모, 품격을 겸비한 완벽 미녀.

쿠가 코토네
기본적으로 항상 과묵하고
무뚝뚝하고 예민한 성격을 가진 반 친구.
사실은 미군의 특수부대원.

텐마 아키라
중장갑옷을 두른 유니크한 여자.
A반 소속이며 밝고 천진난만.

뚱땡이

본명은 나루미 소타이며 악역 뚱보남.
반 대항전에서 몰래 E반을
지원하려고 하지만……?!

떨어진 곳에서 외따로
컵라면을 후루룩거리며 먹고 있는
소녀가 있었다.

재악의 아발론

3

Author
나루사와 아키토

Illustrator
KeG

FINDING AVALON
—— The Quest of a Chaosbringer ——

CONTENTS

일러스트 · KeG

일러스트 · KeG

『재악의 아발론』
캐릭터 소속 조직도

나루미가

나루미 다이스케
뚱땡이의 아버지. 잡화점을 경영하는 중년 남성.

나루미 사유키
뚱땡이의 어머니. 젊은 외모를 지닌 미녀.

나루미 카노
뚱땡이의 동생. 천재적인 자질을 가진 활기찬 미소녀.

나루미 소타(뚱땡이)
이야기의 주인공.
원래 '던악'에서는 악역 뚱보였는데……?

오오미야 사츠키
반장 기질을 가진 올곧은 소녀. 인품이 좋다.

닛타 리사
두 명째 플레이어. 지적이며 짓궂은 타입.

팀 E E E E(이쓰리)

하야세 카오루
씩씩한 미소녀이며, 뚱땡이와는 소꿉친구.

아카기 유우마
남다른 카리스마를 가진 '던악'의 원래 주인공.

타치기 나오토
두뇌가 우수하며 반의 참모격 인물.

산죠 사쿠라코
'던악'의 인기 히로인이며 핑크색 머리카락이 특징.
통칭 '핑크'.

아카기 파티

마지마 히로토
E반의 실력자 중 한 명.

츠키지마 타쿠야
세 명째 플레이어. 성격은 경박.

쿠가 코토네
몸집이 작고 무뚝뚝한 소녀. 사실은 특수부대원.

E 반

카리야 이사무
D반의 리더격 인물. 난폭하고 교활한 성격.

마나카 타다시
형의 연줄로 공략 클랜 '소렐'의 위세를 업은 소년.
본인의 실력은 잔챙이.

D 반

타카무라 마사카도
C반의 리더. 스오우와는 과거의 인연이 있다.

모노노베 메이코
타카무라의 수행원이며 이마가 매력 포인트.

한냐 남자
모노노베 메이코의 오빠이며 가면을 착용.
숨겨진 거물?

C 반

스오우 코우키
귀족 출신 실력자. 사병 궁수대를 거느리고 있다.

B 반

세라 키쿄우
학년 수석이며 용모 단정하고 아름다운 차기
학생회장. '성녀 기관'의 지원을 받는다.

텐마 아키라
전신 갑옷을 입은 천진난만한 소녀.
검은 집사 부대 '블랙 버틀러'가 충성을 다한다.

A 반

한없이 넓게 이어지는 메마른 대지. 저녁놀이 비쳐 모든 것을 오렌지색으로 물들이고 있었다. 이곳은 던전 15층. 동생을 데리고 사냥을 하러 왔다.

10층부터 14층까지의 통로형 맵과는 전혀 다르게 차폐물이 없으며 시야가 아주 잘 트인 필드 맵이다. 그렇다고는 해도 개방감이 느껴진다거나 상쾌하다거나 하는 곳은 전혀 아니다.

주위에는 완만한 언덕과 곳곳에 쇠퇴한 묘비가 여기저기 흩어져 있어서 그 주변에 언데드 몬스터가 천천히 꿈틀거리고 있다는 걸 멀리서 봐도 알 수 있었다. 그리고 길옆에 자라나 있는 잎 하나 없는 나무에는 목을 매달아 처형당한 죄인이 몇 구나 축 늘어져 있어서 검붉게 침체된 노을 진 하늘과 맞물려 굉장히 섬뜩한 분위기를 만들어 내고 있었다.

"좀, 여긴 혼자서 안 오고 싶을지도."

"레벨을 보면 여유로운데."

주위를 둘러보던 동생은 너무나도 답답한 분위기에 눈살을 찌푸렸다. 확실히 여기저기에 언데드가 무성해서, 마음의 안정과는 거리가 멀었다. 하지만 이 층에는 게이트와 좋은 사냥터도 있다. 앞으로 빈번하게 오게 될 테니 익숙해지는 수밖에 없다.

"오빠, 레이스가 다가왔어."

"저건 레이스의 상위종인 고스트네. 레이스보다 내구력은 다소 높지만 지금의 우리라면 문제없을 거야.”

하얗고 반투명하며 인간의 형태를 한 무언가. 닿으면 생명력을 흡수하는 《드레인 터치》라는 공격을 한다. 영체라서 물리공격은 전혀 통하지 않지만 움직임 자체는 그렇게 빠르지 않으며 마법공격 수단을 가지고 있다면 그다지 무서운 상대는 아니다.

“작전대로 마법으로 응전한다.”

“네~.”

동생은 《파이어 애로우》를 배운지 얼마 안 돼서 마법에 대한 기초를 지도하고 있다.

원거리에 있는 상대에게 평범하게 《파이어 애로우》를 쏜다고 해도 탄속이 그렇게 빠른 건 아니라 쉽게 피하는 경우가 많다. 그래서 달리기로 자신의 관성을 싣거나 던지듯이 스킬을 발동해서 탄속을 빠르게 하는 수단이 필요하다.

하지만 마법은 빠르게 발사했다고 해서 위력이 올라가는 건 아니다. 설령 질량을 동반하는 마법이었다 하더라도 신기하게도 속도와 충돌 에너지에 상관성이 없다. 일반적인 물리법칙과 분리해서 생각해야만 한다.

그런 한편으로 마력을 통상보다 많이 투입하면 위력도 올라간다는 특성도 있다. 마력을 투입하면 투입할수록 위력이 커지는 정도도 작아지기 때문에 마력에 비한 대미지 효율은 나빠지지만 이때다 싶을 때 쓰면 강력한 무기가 된다.

지금의 INT와 MP량, 그리고 상대의 내구력을 감안하면서 마력 출력을 정하는 게 최고지만, 그건 실제로 해보고 감을 잡아가는 수밖에 없다.

동생은 오토 발동으로 《파이어 애로우》를 손 안에 만들어 내서 돌을 던지듯이 날렸다. 속도는 200km를 조금 넘는 정도일까. 큐르르 하는 소리를 내면서 탁구공 사이즈의 불덩어리가 고스트의 발치에 박혔다.

"맞았다! 하지만 아직 안 죽었어. 아, 죽어는 있나?"

"비틀거리고 있어. 검으로 마무리를 해."

7층의 보스, 볼게무트가 떨어뜨린 한손검, [소드 오브 볼게무트]를 오른손으로 들고 고스트를 베기 위해 달려들었다. HP흡수 효과가 달려 있어서 완전 물리 내성이 있는 상대에게도 대미지를 가할 수 있는 특수한 검이다. 하지만 속성검 정도의 위력은 없어서 그 부분은 참격 횟수로 보충하는 수밖에 없다.

4번 정도 베었을 때 고스트는 새된 목소리와 함께 공기에 녹아들듯이 사라졌고, 몇 cm 정도의 마석이 땅에서 또르륵 하고 굴렀다.

"이거…… 크네. 색도 왠지 예뻐. 얼마 정도야?"

"길드 매입가가 하나에 6000엔 정도였나."

"이거 하나에 6000엔?! 오늘 저녁은~ 브랜드 소고기~ 샤브 샤브!"

방금 전까지 무서워했는데 마석의 가격을 듣자마자 의욕이 충만해진 타산적인 동생. 15층 몬스터의 마석쯤 되면 매입 가격도 뛰어오르니 이 주변에서 사냥을 할 수 있다면 그럭저럭 인원이 많은 파티더라도 흑자를 낼 수 있을 것이다.

"그래서. 오늘은 어떤 곳에서 사냥할 거야?"

"망자의 연회라 불리는 처형장이야."

"처…… 그런 곳에 가는구나……."

옛날에 어느 남작이 어릴 때부터 보살펴 온 기사들과 함께 억울하게 처형당해 죽어서도 사라지지 않는 원한 때문에 언데드로 변했다는 그런 일화가 있는 곳이다.

그 처형장은 DLC로 새로 추가된 구역에 있어서 이쪽 세계에선 일반적으로 인지되어 있지 않을 가능성이 높다. 즉, 독점할 수 있는 사냥터일지도 모른다. 그 외에도 좋은 이유는 몇 가지 있다.

"몬스터가 리젠되는 곳이 한정돼 있고 흙에서 천천히 기어 나오기 때문에 선수를 잡기 쉬운 사냥터야. 통칭 '두더지 잡기'로 불리고 있지."

"두더지 잡기? 그렇게 쑥쑥 튀어나오는구나."

기어 나오는 몬스터는 큰 방패와 한손검을 든 스켈레톤 나이트와 양손검을 든 콥스 워리어. 둘 다 몬스터 레벨 16. 15층에 리젠되는 평균적인 몬스터보다 레벨이 1 높지만 레벨이 19인 우리라면 어렵지 않게 잡을 수 있을 것이다.

그리고 그 녀석들이 떨어뜨리는 특수한 아이템 12개를 모아 중앙에 두면 '블러디 바론'이라는 특수 몬스터를 소환할 수 있는 재밌는 사냥터다.

"블러디 바론이라면…… 그거 처형당한 남작님이지."

"이 녀석은 할머니의 가게에 가져가면 20릴에 사주는 아이템을 떨어뜨려. 그리고 동시에 리젠되는 기사가 미스릴 합금제 무구를 떨어뜨리거든. 너덜너덜하지만.”

“너덜너덜해? 그런 걸 모아서 어쩌는 거야.”

드랍하는 것은 이가 빠져있거나 움푹 패서 구부러져 있는 등 그대로 쓸 수 없는 물건뿐. 하지만 사용된 재료는 미스릴이 많이 포함되어 있어 녹여서 소재로 만들면 질 좋은 미스릴 합금이 된다.

지금부터 갈 처형장에서 던전 통화와 소재를 많이 모아서 장비를 갖춰 20층 이후의 공략에 대비하는 게 이번 던전 다이브의 주목적이다.

다가오는 고스트를 마법으로 쓰러뜨리고 완만한 언덕 몇 개를 넘어 이동하고 있으니, 노을이 지고 있던 하늘이 갑자기 어두워지기 시작했다. 까맣고 어두침침한 구름이 크게 소용돌이치는 게, DLC구역에 들어선 것이다.

이곳 주변은 식물이 전부 시들고, 가냘픈 비명 같은 소리가 나는 바람이 불고 있어 더욱 침울한 분위기에 휩싸여 있었다. 먼 곳을 바라보니 한 변이 50m 정도 되는 울타리에 둘러싸인 목장 같은 곳이 보였다. 저게 목적지인 망자의 연회라 불리는 처형장이다.

동생과 함께 살짝 다가가 장내의 상황을 살폈다. 안에는 장애물이나 건물이 없고, 왠지 모르게 지면이 솟아오른 곳을 몇 곳인가 확인할 수 있었다.

“역시 아무도 없네. 우리가 독점할 수 있을 것 같아.”

"뭔가…… 망자의 연회라기에는 수가 적네."

안에는 두 마리의 언데드가 천천히 배회하고 있는 게 보였다. 동생은 무더기로 있을 줄 알았던 것 같지만, 그건 반은 맞고 반은 틀렸다.

이 처형장의 몬스터는 항상 두 마리가 계속해서 리젠된다는 특징이 있다. 쓰러뜨려도 금방 여기저기 있는 토산에서 튀어나오는데, 튀어나올 때는 천천히 기어 나오니 지금 걸어 다니고 있는 두 마리를 쓰러뜨리기만 하면 무방비 상태의 적을 때려눕히는 간단한 작업이 된다.

게임에선 흙에서 튀어나오는 포인트가 12곳으로 정해져 있어서 그 모든 포인트에 플레이어가 진을 쳤고, 튀어나온 순간에 눈앞에 있는 플레이어가 쓰러뜨리는 단순작업을 하는 사냥터였다. 하지만 이번에는 두 사람이니, 기어 나오면 그곳까지 서둘러 달려가야만 한다. 뭐, 그건 체력을 고려해서 휴식을 하면서 해나가면 될 것이다.

"바로 앞에 있는 방패를 든 뼈가 스켈레톤 나이트, 안쪽에 있는 약간 살이 붙어 있는 게 콥스 워리어야."

"스켈레톤 나이트는 분명 [나이트]의 스킬을 썼었지."

"《실드 배쉬》 말이지. 스킬 발동 중에 맞으면 짧은 시간 동안 못 움직이게 되니까 그 점만 주의하면 돼."

"응."

그 자리에 짐을 두고 가져온 특수한 무기를 등에 지고 전투 준비를 했다. 오늘은 상황을 살피는 겸 **테스트**를 해보는 것이니 편하게 하고자 한다.

"난 콥스 워리어를 칠게, 스켈레톤은 맡길게."
"알았어~."
신호와 함께 몬스터를 향해 달려갔다. 움직이기 시작했을 때의 속도는 나보다 동생이 더 빠른지 한발 먼저 스켈레톤과 교전 상태에 돌입했다. 상대도 첫 공격에 방패로 대응했지만, 카노는 이미 사각으로 들어가 참격 모션에 들어갔다. 레벨 차이가 있으니 문제없이 잡을 수 있을 것 같다.

한편 나의 상대는 콥스 워리어. 한손검보다 폭이 넓고 긴 롱소드를 질질 끌 듯이 들고 걷고 있었다. 중량도 상당한 무기지만, 몬스터 레벨이 16쯤 되면 저 정도의 중량도 한 손으로 휘두를 것이라 상정하고 싸워야만 한다.

30m 정도의 거리까지 다가가자 내 존재를 알아차린 콥스 워리어가 낮게 신음하면서 돌진해 왔다.

단숨에 거리가 좁혀졌다— 싶었는데 5m 정도 앞에서 아래에서 위로 올려치듯이 검을 휘두른다. 그에 흙먼지가 일어났다. 달려드는 궤적은 보였기 때문에 바깥쪽으로 돌아 들어가듯이 피하고 비어 있던 왼손을 써서 《파이어 애로우》를 던졌다.

약간 무리한 자세로 마법을 투척하긴 했지만, 평범한 사람이 던지는 속도를 아득히 초월해 콥스 워리어의 옆구리에 착탄했다. 조금 비틀거리게 하는 정도의 대미지밖에 주지 못했지만 그걸로 충분하다. 이번엔 내 턴이다.

　자세가 갖춰질 때까지의 약간의 시간에 접근해서 무기 스킬을 발동. 콥스 워리어는 황급히 무기를 방패로 삼으려고 했지만 이미 늦었다.

“두 동강 내주마!《슬래시》.”

　[파이터]가 맨 처음 배우는 무기 스킬《슬래시》. 게임의 카리야 이벤트에서 카리야가 쓰는 스킬인데, 그건 대검으로 쓰는《슬래시》라서 위력과 리치가 있는 대신 모으기도 필요하다는 제약이 있었다. 내가 오른손에 들고 있는 건 가볍고 가는 검. 발동까지의 시간은 월등히 빠르다.

　무기로 완전히 막지 못한 왼쪽 옆구리로 수평 참격이 들어가자 콥스 워리어는 배꼽을 경계로 상반신과 하반신이 깔끔하게 잘려 땅에 털썩 쓰러져 마석이 되었다.

　뒤를 보니 스켈레톤 나이트도 이미 마석이 되어 있었으니 동생도 순식간에 죽인 모양이다.

“좋아, 30초 정도 뒤에 다음 몬스터가 나오니까 그걸 치자.”

“두더지 잡기네! 이 큰 둔기로 힘껏 치면 되는 거지.”

　동생이 긴 배낭에서 1m 정도의 메이스를 꺼냈다. 손잡이 끝에 가시가 달린 무거운 머리를 가진 스파이크 메이스다. 20kg를 넘어서 일반인은 다룰 수 없는 무게지만 동생은 다소 비틀거리면서도 한 손으로 능숙하게 휘둘렀다. 그렇게 단단하지 않은 강철제라도 저 정도로 두꺼우면 다소 난폭하게 다뤄도 충분히 버틸 수 있을 것이다.

처형장은 흙에서 기어 나오려고 하는 무방비한 몬스터를 일방적으로 공격할 수 있는 좋은 사냥터다. 반대로 말하자면 완전히 기어 나오면 평범하게 전투를 하게 되니 그 전에 잡을 필요가 있다. 갑옷이나 방패를 장비한 몬스터를 단시간에 잡으려면 도검보다는 이런 초중량 둔기로 한 방에 때려잡는 게 효율이 좋다.

나도 가져온 스파이크 메이스를 꺼내 한 손으로 휘둘러 봤다. 무게 자체는 그렇게 무겁지 않지만 다리로 어느 정도 버티지 않으면 몸이 딸려 나가게 된다. 이것도 익숙해지는 게 중요하다고 생각하면서 계속 연습하면 될 것이다.

그런 생각을 하고 있으니 우측 전방에서 손뼈가 불쑥 돋아났다. 저 손은 스켈레톤 나이트일 것이다.

"나왔다~, 저기야!"

"카노. 이렇게 하는 거야. 잘 봐둬."

손뼈가 흙모래를 헤집고 느릿느릿 흙에서 기어 나오려고 했다. 역시 완전히 나오기까지 10초 정도 걸리는 것 같다. 빈틈투성이인 스켈레톤 나이트를 노리고 치켜든 스파이크 메이스를 힘껏 내리쳤다.

"자~ 어기여차아아아아아아!!"

콰앙 하는 소리와 함께 모래먼지가 성대하게 피어올랐다. 내려친 뒤에 남은 것은 산산조각 나서 흩날린 뼈. 그 뼈도 금방 녹아 내리듯이 사라지고 마석이 되었다.

땅이 부드러워서인지, 아니면 육체 강도가 올라갔기 때문인지 생각보다 손에 오는 충격이 적었다. 좀 더 세게 칠 수 있었지만 지금 수준의 공격으로 잡을 수 있다면 충분할 것이다.

마석 외에는 낮은 확률로 블러디 바론을 불러내기 위한 퀘스트 아이템 '원독의 내장'을 떨구는데, 그렇게 쉽게 떨어질 물건은 아닌가.

"대단하다~! 아, 저쪽에도 나왔으니까 갔다 올게."

"당분간 이대로 해볼까. 오, 이쪽에도 나왔네."

그렇게 쇠락한 처형장에서 두 사람이 뛰어 다녔고, 쿵쾅쿵쾅 땅울림이 계속 울리게 되었다.

기어 나오려는 콥스 워리어의 바로 위로 높이 쳐든 스파이크 메이스를 때려 박았다. 피어오른 모래 먼지가 가라앉아 시야가 트이자 동생이 신중하게 드랍 아이템을 집어서 쓰레기봉투에 넣었다.

"이걸로 12개째! 어쩌고 바론을 불러낼 수 있을까."

"블러디 바론 말이지. 오늘은 시험 삼아 온 거긴 한데……."

쓰레기봉투에는 10cm 크기의 장기 같은 고깃덩어리가 12개 들어있다. 스켈레톤 나이트와 콥스 워리어 수백 마리를 쿵쾅쿵쾅 때려잡아서 겨우 소환 의식에 필요한 개수를 손에 넣을 수 있었다. 드랍 확률적으로는 뭐, 좋은 편이려나.

그리고 이 고깃덩어리. 게임과는 달리 진짜로 실체화되어 있으니 예상 이상으로 징그럽다. 가끔 꿈틀 하고 움직여서 징그러움이 도를 넘는다. 카노도 길가에서 모르는 개의 똥을 줍는 것처럼 긴 나뭇가지를 써서 봉투에 담았으니.

"한다고 해도 작전 회의를 한 번 해두고 싶은데……."

"아, 또 나왔다."

가리킨 방향을 보니 토산에서 말라비틀어진 손이 쑥 돌아나 있었다. 처형장에선 쓰러뜨려도 금방 다음 몬스터가 리젠되기 때문에 마음 놓고 이야기도 할 수 없다. 한 번 밖으로 나가는 편이 좋을 것이다.

외곽을 둘러싸고 있는 울타리를 뛰어넘어 적당히 평평한 곳을 찾아 안전을 확인하고 돗자리를 깔았다. 가져온 물통에 든 차를 따르고 한숨 돌렸다.

주변은 여전히 어둑어둑하고 황량했다. 그런 경치도 어느 정도 있으면 익숙해지는구나 하고 조용히 놀랐다.

“모은 아이템을 정리해서 어딘가에 두면 되는 거지?”

“중앙에 있는 무늬 위에 두면 돼.”

바로 앞에서 카노가 좋아하는 막대과자를 베어 먹으면서 기분 좋게 물어봤다.

처형장 중앙의 땅에는 아이가 그린 소용돌이 태양 같은 그림이 희미하게 그려져 있는데 그 위에 모은 12개의 고깃덩어리를 놓기만 하면 블러디 바론 소환 의식이 발동한다.

게임에선 그 모습이 컷신으로 재생됐다. 퀘스트 아이템인 12개의 내장이 서로 맥동하면서 이어져 서서히 부풀어 올라 한 마리의 플래시 좀비가 태어난다는 내용이다. 그 시간은 30초. 이쪽 세계의 소환 의식에서도 똑같은 시간을 들여 똑같이 재현될 것이다.

그렇다면 여기서 문제. 우린 그 소환 의식을 게임과 똑같이 손가락을 빨면서 바라봐야만 하는가.

“소환이 시작되면 블러디 바론은 육체를 구축하느라 한동안 움직이지 못해. 그때——.”

“우린 공격할 수 있어?”

“그럴 거야.”

게임에선 강제로 컷신을 봐야 해서 플레이어는 움직이지 못한다는 제약이 있었다. 하지만 이쪽 세계에선 그런 게 없다. 우리가 움직일 수 있다면 소환 의식을 하는 시간은 마음대로 공격할 수 있는 보너스 타임이 되는 것이다.

"흠~…… 근데 겨우 30초인가. 얼마나 강해?"

"몬스터 레벨은 20. 플로어 보스 취급이니까 HP랑 VIT는 상당히 높아. 일반 몬스터는 안 나오게 되지만, 그 대신 12마리의 호위기사가 동시에 리젠돼."

"에엑?! 그건 같이 처형당한 기사들이야? 그렇게 잔뜩 상대할 수 있을까."

호위기사는 블러디 나이츠라는 몬스터 레벨 16인 언데드다. 대형 무기부터 원거리 무기까지 다양한 무구를 가지고 있으며 각 몬스터의 공략법은 가지각색이다.

그런 몬스터 12마리를 동시에 상대하는 건 레벨이 19가 됐다고 하더라도 어렵다― 보통은.

"호위기사는 내가 막을게. 소환 시작과 동시에 《섀도 스텝》을 쓸 생각이야."

"다리가 둥실둥실해져서 빨리 움직일 수 있게 되는 스킬이었나. 나도 그거 배우고 싶어!"

"우선 기본 직업의 직업 레벨을 전부 끝까지 올린 다음에."

《섀도 스텝》은 이동 속도에 회피도 올라가기 때문에 톱 플레이어도 요긴하게 쓰는 갓 스킬이다. 상급 직업 [섀도 워커]가 배우는 스킬인데, 이 직업으로 전직하려면 전제조건이 많아 카노가 배우려면 시간이 걸릴 것이다.

"아무튼 30초 동안 블러디 바론을 마구 때려 줘. 전에 가르쳐 준 매뉴얼 발동도 시험해 보면 좋을 거야."

"음~. 잘 할 수 있을까."

으음 하고 앓는 소리를 내면서 스킬 모션을 연습하는 카노. 나도 처음엔 크게 고생했지만 연습과 연구를 거듭한 덕분에 지금은 통상공격에서 물 흐르듯이 발동할 수 있게 되었다. 카노도 앞으로 던전에 갈 것이라면 머리와 몸으로 익혀두면 좋을 것이다.

"시간 안에 잡지 못하거나 예상 밖의 일이 생기면 무리하지 말고 처형장 밖으로 도망가. 뭐…… 그렇게 되면 몹이 소멸해 버리겠지만."

"에엑! 그렇게 열심히 모았는데 헛수고가 되는구나."

블러디 바론은 내구력이 높을 뿐만 아니라 다수의 스킬과 마법을 구사하는 특수 보스. 부하가 큰 치트 스킬을 쓰면 못 잡을 것도 없겠지만 무리할 필요는 없다.

"카노가 소환 중인 블러디 바론을 계속 치는 역할. 내가 주위에 리젠된 12마리의 호위기사— 블러디 나이츠들을 유인하거나 잡는 역할. 30초 안에 잡을 수 있을 것 같으면 잡고, 안 될 것 같으면 바로 도망치는 작전으로 가자."

"알았어~."

그렇게 말은 했지만, 먼저 가져온 과자부터 다 먹자. 그런데 그 막대과자, 맛있어 보이는데 하나 주지 않을래.

식후의 휴식을 한다며 잠시 뒹굴거린 후에 다시 처형장 안으로 향했다. 리젠됐던 언데드 두 마리를 재빠르게 제거하고 중앙에 있는 소환마법진 위에 동생과 나란히 섰다.

지금 우리가 블러디 바론을 잡을 수 있다면 큰 수확이다. 당장이라도 던전 통화 벌이로 이행할 수 있고 레벨 20 수준의 무구와 아이템을 갖출 수 있게 된다. 그런 기대를 가슴에 품고 설명을 계속했다.

"12개의 '원독의 내장'이 모여 하나가 돼서 맥동이 시작되면 공격 개시다."

"응. 열심히 할게!"

카노가 오른손에 스파이크 메이스, 왼손에 [소드 오브 볼게무트]를 쥐고 자세를 잡았다. 항상 쓰는 이도류 스타일이다. 긴장하고 있는 것 같은데 실패해도 도망치면 그만이니 너무 부담 갖지 말라고 말해 뒀다.

그럼 나도 마지막 준비로 넘어가자.

이젠 몸이 기억하고 있을 정도로 많이 쓴 《섀도 스텝》의 마법진. 다소 복잡해도 어렵지 않게 그려낼 수 있다. 레벨 19가 된 후에도 몇 번인가 실험했는데 몸에 그렇게 큰 부담 없이 행사할 수 있다는 건 이미 확인했다.

발동하면 주위가 약간 어두워지고 발치에 잔상이 흔들흔들 일렁인다. 이 스킬을 쓰면 던익을 하던 시절에 대인전을 한 기억이 되살아나 기분이 고양되고 자연스럽게 전투 모드가 켜지는 느낌이 든다.

(음, 느낌이 오기 시작했어.)

카노를 보니 준비 OK라며 고개를 끄덕여서 쓰레기봉투에서 [원독의 내장]을 꺼내 땅에 남김없이 철벅철벅 떨어뜨려 나갔다. 얼마 지나지 않아 땅에 그려진 태양 마크 같은 문양이 홈을 따라 주홍색으로 빛나고 고깃덩어리도 맹렬하게 꿈틀거리기 시작했다.

"아, 움직였다! 근데 움직임이 뭔가 징그러워."

고깃덩이가 자벌레처럼 움직이더니, 중앙에 모여들어 융합하고 하나의 거대한 고깃덩이가 되어 몇 초 정도가 지나자 크게 맥동하기 시작했다.

동시에 주위에 12개의 토산에 생겨났고, 거기서 뭔가가 기어 나오려고 했다. 12마리의 호위기사— 블러디 나이츠다.

"작전 개시! 두들겨 패!"

"간다아아!"

카노가 소리를 지르면서 스파이크 메이스를 힘차게 내리쳤다. 그 풍압으로 모래 먼지가 피어오를 정도의 충격을 받았음에도 불구하고 고깃덩어리는 뭉개지지 않았고 계속해서 맥동했다. 예상대로 우리는 공격할 수 있는데 소환 의식은 중단되지 않았다.

한편 12마리의 블러디 나이츠는 언데드치고는 드물게 '논 액티브 몬스터'지만 블러디 바론에게 공격을 가하면 공격해 오기 때문에 이 설정은 의미가 없다. 그러니 선수필승이다.

우선은 가장 가까이에 있는 토산으로.

《섀도 스텝》으로 인해 잔상으로 흔들리는 발끝을 확인하듯이 내딛고 단숨에 가속. 볼게무트전에서 썼을 때보다 AGI 상승치가 더 크게 느껴진다. 지금이라면 이 스킬을 자유자재로 쓸 수 있을 것 같다.

기세를 탄 그대로 감속 없이 토산의 밑부분에 세검을 깊이 푹 찌르고 세게 비틀었다. 그러자 흙 속에서 낮게 신음하는 듯한 소리가 들렸다. 우선은 하나.

바로 앞쪽으로 시선을 돌리니 토산에서 이미 대검이 튀어나와 있었고, 그 대검을 이용해 흙을 파헤치고 기어 나오려는 개체가 보였다. 다시 질주하며 가속, 기어 나온 곳을 찔렀다. 마무리로 딱 좋은 위치에 있는 머리를 걷어차며 두 마리째.

오른편, 20m 앞에 이미 상반신에 나와 있는 개체를 확인. 발치에 떨어져 있던 너절한 대검을 힘껏 던져 토산과 함께 상반신을 날려 버리는 것에 성공. 세 마리째.

더 오른편에 있는 토산에서는 손도끼가 튀어 나와 있었다. 어리석게도 반대편을 보고 나오려는 것 같았다. 당연히 그렇게 좋은 빈틈을 그냥 넘길 리가 없었고, 네 마리째도 쉽다고 생각하며 세검을 내리쳤다. 그런데 절반이 흙에 파묻혀 있는데도 손도끼로 막아 냈다고?!

"역시 기사야. 하지만——."

상반신을 비틀어 공격을 막아 낸 것에는 놀랐지만, 하반신이 파묻혀서 제대로 움직일 수 없는 녀석이 내 움직임을 따라올 수 있을 리가 없다. 다시 사각으로 돌아서 세검을 휘둘러 목을 날려 버렸다. 네 마리째.

바로 뒤. 토산에서 막 빠져나온 개체가 이쪽으로 오고 있는 게 보였으니 뒤돌아서 요격했다.

큰 양날도끼를 치켜들고 다가오는 체격이 좋은 블러디 나이츠. 그 자세와 반대되는 방향에서 페인트를 넣으면서 다가가 근접전으로. 속도로는 두 배 이상 빠른 내 움직임에는 대응할 수 없는 모양인지 항상 사각을 잡는 움직임으로 농락하며 몇 번 정도 베었을 때 마석이 되었다. 이걸로 다섯 마리째.

"하아…… 7마리 남았나. 좀 더 할 수 있을 줄 알았는데."

흙에서 나오기 전에 12마리 중 반 정도는 잡을 수 있을 것이라 예상하고 있었지만 예상 이상으로 빨리 나와 버렸다. 그렇다고는 해도 원래라면 동시에 열둘을 상대해야 했다. 다섯 마리 줄인 것만으로도 잘한 것이라 생각하자.

이제 앞에는 숏소드에 나이프, 활, 큰 메이스, 낫 같은 물건을 든 블러디 나이츠들이 있다. 얼굴은 허물어지고 장비는 너덜너덜. 그래도 주인인 블러디 바론을 지키려는 의지가 움푹 패인 눈으로 엿보였다. 들고 있는 무기의 끝을 겨누고 있는 대상도 내가 아닌 것 같고.

"하아아아아아아아앗!"

뒤에는 휘몰아치는 모래 먼지도 신경 쓰지 않고 소리를 지르며 전력으로 공격을 가하는 카노가 있다. 그래도 아직 소환 의식은 멈추지 않았고, 고깃덩어리는 인간의 형태로 엮여 당장에라도 플래시 좀비가 되려고 했다.

시간은 반 정도 남아 있는데 역시 내구력이 높은 특수 보스를 시간 안에 잡는 건 어려울 것 같다.

　그래도 고깃덩이의 표면에서는 피가 뿜어져 나오고 있었고, 손발은 이상한 방향으로 꺾이고 일부는 붕괴되려고 했다. 상당한 HP를 깎았다는 증거다. 그 모습을 본 블러디 나이츠 중에는 포효하거나 부산하게 무기를 휘두르며 위협하는 개체도 있었다.
　경애하는 주인이 마구 맞고 있으니 그 반응도 납득은 하지만.
　"미안하네, 뒤로는 보내줄 수 없어. 그러니 너희는——."
　여기서 우리의 양식이 되어줘야겠다.

가끔 부는 돌풍으로 인해 모래 먼지가 일고 회오리바람이 수없이 발생하고 있는 처형장. 그 중앙 부근에서 나는 크고 작은 여러 무기를 든 7마리의 블러디 나이츠들과 대치하고 있었다.

발치에는 아까 전에 잡은 개체의 양날도끼가 떨어져 있어서 주워 봤다. 무게는 20kg을 조금 넘는 정도일까. 여기저기 패여 있거나 이빨도 빠져 있지만 방어구와 함께 통째로 베기에는 딱 좋다. 세검과 이 도끼를 병용해서 싸워볼까.

난 게임에서도 《이도류》는 스킬 칸에 넣지 않았지만 수많은 무기를 환경과 상황, 상대에 따라 자유자재로 쓰는 [웨펀 마스터]라는 직업을 오래 해서 이 정도 무기를 동시에 다루는 것 정도는 식은 죽 먹기다.

무기의 손잡이를 세게 쥐어 손맛을 확인하고 있으니 바로 두 마리가 다가왔다. 하지만 놈들이 보고 있는 것은 내가 아니라 카노. 여긴 절대로——.

"못 넘어갈 거다."

궁사의 사선과 뒤에 있는 카노의 위치에 주의하면서, 나도 《새도 스텝》으로 가속해서 거리를 좁혔다. 대항해 온 두 마리 중 바로 앞에 있는 블러디 나이츠가 순간적으로 방패를 들었지만, 상관하지 않고 기세를 탄 그대로 양날도끼를 힘껏 휘둘렀다.

"이야아아아아아압!!"

투쾅 하고, 금속음이나 충돌음이라는 말로는 부족한 큰 소리와 함께 방패째로 날려 버렸다. 바로 옆에 있는 검사를 다른 한쪽 손에 들고 있는 세검으로 베었─ 지만 공격이 얕게 들어갔는지 쓰러뜨리지 못했다. 내 공격을 받으면서도 단검을 높이 쳐들기에, 옆으로 한 번 피하며 오토 발동《슬래시》로 베어 버렸다. 두 동강이 나며, 이로써 5마리.

"어이쿠?!"

한숨 돌리려고 하자 바람을 가르는 소리를 내며 화살이 날아와서 목만 움직여 피했다. 그게 계기가 되어 남은 블러디 나이츠가 일제히 달려들어 왔다. 주인을 구하는 데 내가 방해된다고 판단한 것이다. 그렇다면 난──!

도망친다!

"쓸데없이 정면에서 싸워 주겠냐, 멍청아~!"

레벨 차이가 많이 나고 격이 낮은 상대라면 몰라도 레벨 차이가 그렇게 나지 않는 상대 다섯과 동시에 싸우는 건 역시 어렵다.

하지만 중요한 건 놈들이 카노에게 가지 못하게 하는 것. 어그로를 잘 끌어서 내가 공격 타겟이 된 시점에 목적은 달성했다. 난 원거리 무기에 주의하면서 시간을 끌기만 하면 된다. 마침《섀도 스텝》으로 인해 기동력은 크게 증가해 있기 때문에 술래잡기라면 질 것 같지가 않았다.

지그재그로 달리며 곁눈으로 카노의 상황을 보니, 때마침 매뉴얼 발동으로《슬래시》를 때려 박는 참이었다. 블러디 바론의 피해 상태를 보니, HP를 3할 정도까지 깎은 듯했다. 하지만 남은 시간도 많지 않다. 그렇다면 나도 카노에게 가세해 볼까.

뒤에서 따라오는 블러디 나이츠와의 거리에 주의하면서 몹몰이 진행 방향을 블러디 바론 쪽으로.

"카노! 나도 스킬을 때려 박을 거니까 조심해!"

"알았어~!"

카노가 연타를 넣으면서 힘차게 알겠다며 소리쳤다.

자 그럼 뭘 써줄까. 모처럼 훌륭한 양날도끼를 들고 있으니 이걸 활용하는 스킬이라도 써볼까.

세검을 허리에 차고 양날도끼의 손잡이를 양손으로 꼭 쥐고 달리면서 마력을 가다듬었다. 다음으로 해머던지기의 투척 모션처럼 빙빙 두 번 돌며 도끼를 휘둘렀다. 이게 《풀스윙》의 스킬 모션이다.

내가 근처까지 다가가자 알아차린 카노가 뒤로 물러났다. 그럼 사양 않고──.

"전력으로 간다~! 《풀스윙》!!"

인간의 형태가 무너져가고 있는 고깃덩어리의 중심을 모든 주력과 원심력을 양날도끼에 실어서 쳤다. 그 참격으로 인해 쿵 하고 둔탁한 소리가 작렬했지만, 아직 찢기지 않고 맥동이 계속되었다. 놀라운 내구력이다.

뒤에서 블러디 나이츠가 바싹 따라와서 그대로 미끄러지듯이 지나쳤다. 스킬 경직은 오늘 막 배운 《백스텝》으로 경감, 단축시켜서 문제가 안 된다. 추가로 스킬을 몇 개 배운 덕분에 던익에서 쓰는 기본 전술이 드디어 모양새가 나기 시작했다.

"하지만…… 하아…… 이제 남은 시간이 거의 없네."

블러디 바론은 불완전하지만 인간의 형태를 갖췄고, 강대한 마력을 체내에 순환시키기 시작했다. 이제 곧 태어날 것이다. 지금은 위험을 감수하지 않고 도망치는 편이 좋은가.

"카노, 이탈한다. 시간이 다 됐어!"

"하지만 밖으로 나가면 사라져 버리잖아?! 조금만 더 하면 잡을 수 있을 것 같은데 아까워!"

확실히 HP가 남아있다고 해도 2할 정도. 거기까지 깎아 냈다면 잡지 못할 것도 없겠지만, 전투를 하게 되면 강력한 스킬에 대처해야 한다. 한 번도 싸워본 적 없는 카노는 힘들 것이다. 내가 한다고 해도 뒤에 있는 놈들이 방해된다……. 그렇다면 어떻게 할 것인가.

"알았어! 그럼 쫓아오고 있는 블러디 나이츠를 부탁해! 내가 블러디 바론을 맡을게!"

"응, 간다~!"

나와 교차하듯이 카노가 블러디 나이츠를 향해 달려갔다. 5마리 중 활 타입 개체가 조준 대상을 나에게서 카노로 변경한 게 보여서 돌아보면서 《파이어 애로우》를 쏴줬다.

"이야아아압! 그리고! 덤으로~《슬래시》!!"

마법이 착탄하여 몸을 뒤로 젖힌 활 타입에게 바로 스파이크 메이스를 때려 박고, 그 직후에 오른손으로 들고 있던 [소드 오브 볼게무트]로 《슬래시》를 발동. 가까이에 있는 개체를 말려들게 해서 한꺼번에 잡는 데 성공했다. 그 시점에 남은 세 마리의 어그로가 일제히 카노에게 끌렸다.

"좋아, 그대로 떨어져서 주위를 달리고 있어! 난 중앙에서 놈을 요격할게!"

"알았어어! 힘내~ 오빠!"

처형장 중앙에선 방대한 마력이 하늘을 꿰뚫을 듯이 넘실거리고 마력을 띤 바람이 휘몰아쳤다. 드디어 소환의식이 완료된 것이다.

태어난 블러디 바론의 하얗고 탁한 눈동자가, 접근하는 나를 인식하더니 오른손과 왼손에 각각 다른 마법진을 만들어 공기가 일그러질 정도의 마력을 주입하기 시작했다. 《병렬 영창》이라는 패시브 스킬을 가지고 있기 때문에 마법 두 개를 동시에 발동할 수 있는 것이다.

"구오오오오오오오오오! 《플레임 스트라이크》!! 《플레임 레인》!!"

"처음부터 전력이냐!"

내가 달리고 있는 진행 방향에 직격 3m 정도의 마법진이 갑자기 나타나, 순식간에 강렬한 빛과 함께 폭발했다. 거대한 불기둥을 소환하는 《플레임 스트라이크》를 함정처럼 설치해서 발동시킨 것이다. 급정지해서 간신히 멈출 수 있었지만 바로 눈앞에 폭풍과 불기둥이 힘차게 분사돼서 정말 뜨겁다……. 아니, 앞머리가 쪼글쪼글해지잖아!

틈을 두지 않고 상공에 10m를 넘는 붉은 마법진이 나타났다. 용암으로 된 작열의 비를 내리게 하는 범위 마법 《플레임 레인》

이다. 그 비의 온도는 2000도를 넘기 때문에 용암임에도 불구하고 빨간색이라기보다는 하얀 빛이 쏟아지는 것처럼 보이기도 했다. 닿으면 무사하지 못할 것이라는 건 불을 보듯이 뻔했다.

곧바로 《백스텝》을 써서 바로 뒤로 뛰었고, 그 기세를 타고 그대로 범위 밖으로 나가려고 했지만…… 제때 나갈 수 없을 것 같아서 들고 있던 양손도끼를 방패로 삼아 구르듯이 뛰쳐나갔다.

"하아하아…… 앗뜨거어어! 도끼가 일부 녹았어!"

"오빠~! 괜찮아~?!"

"괜찮아. 앞머리가 좀 탔지만!"

뒤가 어떻게 됐는지 보니, 땅에 있는 모래가 녹아 검은 증기가 되어서 일렁이고 있었다. 다시금 상위 마법의 화력을 실감했다.

원래라면 전투 막바지에나 쓰는 대마법이지만 의식이 완료됐을 때부터 남은 HP가 조금밖에 없어서 처음부터 전력으로 공격한 듯하다. 어떤 마법을 쓰는지 사전에 알고 있는 내가 아니었다면 큰 피해를 면하지 못했을 것이다.

두 개의 마법을 회피한 나를 조용히 바라보는 블러디 바론. 봄에서는 피가 뿜어져 나오고 배와 다리가 크게 도려진 있는 탓인지 움직임이 약간 둔했고 피해 정도도 컸다. 그 상태는 괴로울 것이다. 카노를 언제까지고 달리고 있게 할 수는 없으니 빨리 결판을 내자.

발 언저리에 대검이 떨어져 있으니 이번엔 이걸 써볼까. 뒤꿈치로 칼끝을 밟아 대검을 띄워서 칼자루를 캐치. 그대로 한 번 휘둘러 보니 시원하게 바람을 가르는 소리가 났다. 칼날은 닳았지만 원래 베는 게 아니라, 힘으로 잘라내는 무기이니 충분하다.

"그럼 계속해 보자고, 피투성이 남작. 금방 편하게 해주지."

"그르르으으으으…… 으…… 으……."

서로를 노려보며 서로 어떻게 나오는지 살피듯이 원을 그리며 걸었다. 10초 정도 걸은 후, 블러디 바론은 왼손으로 《파이어볼》을 쏘는가 싶더니, 오른손을 내밀어 다시 다른 마법을 영창하기 시작했다. 붉은 검의 실루엣이 수없이 들어간 마법진, 저건 화염검을 소환하는 《플레임 턴》이다. 마법진에 손을 집어넣어 억지로 검을 뽑아내려고 했다.

당연히 그런 마법은 저지한다.

《파이어 볼》을 피한 후, 다리에 힘을 주고 크게 내딛어 일직선으로 달려들어 벤다. 블러디 바론이 영창을 중단하고 회피하거나 반격이라도 노릴 줄 알았지만, 꼼짝도 안 하고 마법진에 팔을 집어넣은 채로 있었다. 그렇다면 사양 않고 어깻죽지에 일격을 가하자.

하지만 그 일격을 대가로 화염검을 뽑는 데 성공했다. 처음부터 피할 생각 따위는 없었던 모양이다.

문드러진 오른손에 쥐어져 있는 것은 도신 1m 정도의 눈부시게 불타는 광검 《플레임 턴》. 일반적인 인챈트 무기보다 불꽃 추가 대미지가 크고 화력도 높다. 디메리트로는 MP 소비가 크다는 점이 있지만 대량의 마력을 온존하고 있으니 문제는 없을 것이다.

"오오오오오! 쿠오오오오오오오오오!"

나에 대한 살의를 드높이듯이 포효하고는, 광검을 질질 끄는 듯한 자세에서 불꽃의 잔상을 남기며 한 번에 치켜들었다.

가지고 있는 대검을 옆으로 들어 그 참격을 받아내 보니, 굉장히 무거워서 뼛속까지 충격이 퍼졌다. 이것만으로도 나보다 STR이 상당히 높다는 걸 알 수 있다. 게다가 뜨겁다. 참격과 함께 피부가 화끈해지는 열파가 덮쳐 와서 내 앞머리가 쪼글쪼글해지는 게 가속되었다. 이대로 가면 없어져 버릴지도 모른다.

그 참격을 시작으로 미쳐 날뛰는 듯한 빛의 참격이 수없이 나를 덮쳤다. 높은 STR을 무기로 삼은 우악스러운 난타전이다.

"갸오오오오오! 쿠오오오! 그아아아아아아아!"

"하지만, 검을 다루는 실력은, 단조롭네. 하아…… 스피드가 높은 내 적수는 아니야."

일격의 무게도 엄청나고 상단이나 하단을 노려오기도 했지만, 페인트를 걸지도 않았고 공격 모션으로 어디를 노리는지 다 알 수 있었다. 그래서 받아 내기 쉽고 피하기 쉽다.

역시 이 녀석을 쓰러뜨리려면 게임을 할 때랑 똑같이 마법을 쓰지 못하게 하고 접근전으로 끌고 가는 게 최고의 공략법인 것 같다.

측면을 잡듯이 선회하면서 신중하게 공격하고 있으니 블러디 나이츠를 데리고 다니는 카노가 뒤에서 달려왔다.

"나의~ **비장의~** 공격! 간다~!"

무엇을 할지는 모르겠지만 블러디 바론의 어그로는 완전히 나에게 고정되어 있다. 공격하게 둬도 괜찮다고 판단해서 접근과 동시에 《백스텝》으로 거리를 두자— 카노는 허리끈에서 반짝반짝 빛나는 뭔가를 꺼냈다.

"야 잠깐만, 그건——."

"휙휙!"

언데드에게 쓰면 절대적인 대미지를 줄 수 있는 회복 포션. 그 위력은 포션 하나로 기본 직업의 무기 스킬 수준의 대미지를 낼 정도다. 그걸 한 번에 세 개나 던져버렸다.

병에 들어있어야 하는 회복 포션은 블러디 바론 근처에서 멋대로 파열되어 안에 들어있는 핑크색 액체가 흩뿌려졌다. 그 액체가 육체에 쏟아지자 검붉은 연기가 솟아오르고, 땅을 울리는 단말마가 터져 나왔다.

"오오오오오오오……오."

그 단말마도 이윽고 멎더니 피부가 까맣게 변색되고 금이 가 산산이 부서졌다. 뒤에서 쫓아온 블러디 나이츠도 주인의 소멸과 함께 무너져 내려 똑같이 산산이 부서졌다.

"굉장하다~! 회복 포션은 이렇게 위력이 대단했구나."

"하아하아…… 있잖아. 지금 그렇게 해서…… 아니. 조금이라도 위험을 피했다면 그걸로 된 건가."

만일의 경우를 위해 쥐어준 세 개의 회복 포션을 아낌없이 전부 던지고 그 위력에 눈을 희번덕거리며 깜짝 놀란 내 동생. 지금까지 아까워서 언데드에게 쓴 적이 없었으니 놀라는 것도 무리는 아니다.

그런데 생각했던 것보다 넓은 범위에 뿌려졌고 위력도 더할 나

위 없었다. 앞으로도 두더지 잡기를 계속하게 될 테니, 가족에겐 보험으로 회복 포션을 많이 가지고 있게 해야 하나. 안전성을 높일 수 있다면 이 정도의 지출은 싼 거다.

"마석 크다! 아, 이거는 뭐야? 이 까맣고 말랑말랑하고 징그러운 거."

카노가 가리킨 곳을 보니 마석 외에 까맣고 작은 안개 같은 것이 굴러다니고 있었다. 가까이에서 보니 안개 속에는 얼굴 같은 것이 떠오르더니 사라졌고, 희미하지만 비명과 비슷한 소리도 들려왔다. 이건 [원독의 영혼]이라고 하며 블러디 바론의 쌓이고 쌓인 원한이 담긴 혼이라 할 수 있는 것이다. 할머니의 가게에 가져가면 20릴에 사주는 환금용 아이템이다.

만지면 저주를 받을 것 같으니 그대로 봉투로 덮듯이 넣어서 가져간다. 온갖 것이 현실이 되면 징그럽거나 만지고 싶지 않은 것까지 리얼하게 실물이 되니 곤란하다.

"하아…… 지쳤다. 이것만 환금하고 집에 갈까."

"있잖아, 오빠. 좀 더 공격력이 높았으면 싶은데, 역시 STR이 부족한 걸까. 아니면 무기가 약한 거야?"

"매뉴얼 발동을 더 자연스럽게 쓸 수 있도록 좀 더 연습해 보는 게 좋을 거야."

끙끙 낮게 신음하면서 가르쳐 준 스킬 모션을 따라하는 동생. 앞으로의 전투를 생각하면 스탯이나 강력한 무구에 의지하기보다는 매뉴얼 발동이나 전투 기술을 연마해 두는 편이 낫다. 나중에 연습을 좀 시켜 줄까.

블러디 나이츠들이 떨군 미스릴 합금제 무구를 몇 개나 안고 형편없는 콧노래를 흥얼거리는 동생과 함께 15층의 게이트에 들어갔다. 게이트를 통과하여 나온 곳은 할머니의 가게 바로 근처다.

"이걸로 미스릴을 얼마나 뽑을 수 있을까. 순 미스릴제 무구 하나 정도는 만들 수 있을까?"

"블러디 바론을 10번 정도 잡지 않으면 힘들지."

"그렇게 조금밖에 안 들었어?!"

미스릴 함유율이 0.1%라도 되면 훌륭한 미스릴 합금제 무구라 할 수 있다. 그러한 무구를 모아 정련해서 100% 순 미스릴 무구를 만들려면 상당한 양의 미스릴 합금이 필요하다. 이렇게 부피가 큰 걸 몇 번이나 옮기는 건 힘드니 빨리 매직 백을 갖고 싶네.

걸어서 1분도 지나지 않아 낯익은 네모난 상자 같은 건물 앞에 도착했다. 그 앞에는 낡은 의자에 앉아 언제나처럼 뻐끔뻐끔 담뱃대를 빨며 흡연을 즐기는 마인이 있었다.

"어머나, 어서 와…… 전에 부탁한 '그건' 가져왔니?"

느긋하고 우아하게 일어나 맞이해주는 푸르푸르. 인간의 얼굴을 기억하는 건 서투르다고 했지만, 어째 나와 동생의 얼굴은 기억해 준 모양이다.

“가져왔어요.”

푸르푸르가 말하는 ‘그것’은 물론 블러디 바론이 떨군 [원독의 영혼]이다. 처형장에 가기 전에 심부름 퀘스트를 받아 뒀다.

게임을 할 때는 던전 통화인 릴로 환금하기만 해서 용도는 잘 몰랐다. 다만 많은 모험가들이 각자 가지고 와서 환금했으니, 대량으로 소비하는 어떠한 이유가 있을지도 모른다.

……근데 뭘까, 가져왔다고 말하자마자 푸르푸르가 갑자기 들뜨기 시작했어. 뭐, 일단 줘볼까.

봉투에 들어있는 물건을 손에 닿지 않도록 해서 보여 줬다. 이렇게 불길한 걸 대체 어디에 쓸지 의아해하고 있으니, 평소에는 온화하게 가늘게 뜨고 있는 그녀의 눈이 확 뜨이고 눈으로 볼 수 없을 정도의 속도로 빼앗아갔다. 무슨 일이냐.

“정말, 너무 오랜만이라 어떤 **맛**이었는지 잊어버릴 뻔 했어.”

“마, 맛?”

예상치 못한 말을 이해하지 못해서 고개를 크게 갸웃거렸다.

입맛을 다시면서 [원독의 영혼]을 입가에 가져가더니 그대로 덥썩 물었다. 그때 귀에 거슬리는 비명 같은 소리가 주위에 울려 퍼졌다.

남매는 행복한 듯이 천천히 음미하면서 씹어 먹는 푸르푸르를 아연실색하여 함께 바라보는 수밖에 없었고…… 그보다.

(그거 먹는 거였냐!)

다 먹은 손을 바라보며 아쉬워하는 푸르푸르가 다음 ‘그것’을 재촉했다는 건 두말할 필요도 없었다.

"좋아. 반 대항전 회의를 시작한다."

홈룸이 끝난 방과 후 시간. 보통이라면 해산하지만 오늘은 반 대항전을 위한 회의를 한다고 한다.

교단 앞에서 반 친구들을 노려보면서 이야기하는 사람은 반 투표로 반 대항전의 리더로 임명된 마지마 히로토 군. 말은 편하게 하지만 짧게 자른 머리카락은 왁스로 꼼꼼하게 세팅되어 있고 자세도 좋아 상류계급이라는 분위기를 냈다. E반에서는 그와 아카기가 두 명의 리더 격으로 대접받고 있다.

"알고 있듯이 반 대항전은 일주일에 걸쳐 던전 안에서 반끼리 벌이는…… 사투다. 상위 반과 실력 차는 나겠지만, 어차피 질 거라 생각하며 의욕을 내지 않는 녀석은 내가 직접 처부순다. 각오해 둬라."

《오라》를 써서 위압하는 마지마. 레벨은 5나 6 정도일까. 그래도 대부분의 반 친구들보다 레벨이 높아 효과는 즉각적인 것 같았다. 방과 후라서 해이해진 느낌이 있었던 모두가 긴장된 표정을 지었다.

게임의 반 대항전에서는 다양한 이벤트가 포함되어 있어서 활약하면 히로인들의 공략이 진행되거나 새로운 이벤트를 발생시킬 수 있는 등의 특전이 있었다. 난 그런 것보다는 반의 분위기를 좋게 만들고 싶으니 눈에 띄지 않는 정도로 공헌할 수 있으면 좋겠다고 생각하고 있다.

"우선 올해의 대항전 종목을 설명한다. 타치기."

마지마가 뒤에서 기다리던 인텔리 안경에게 눈짓했다. 부리더가 된 사람은 용사 파티의 참모 타치기다. 이번 반 대항전은 마지마와 타치기 두 사람이 중심이 되어 이끌어 가기로 정해졌다.

"그럼 자료를 봐주길 바란다."

타치기의 지시 하에 회의 전에 배포된 프린트를 일제히 보는 반 친구들. 거기엔 반 대항전에서 시행하는 종목과 그 설명이 적혀있었다.

· 지정 포인트 도달
· 지정 몬스터 토벌
· 도달 심도
· 지정 퀘스트
· 전체 마석량

반 대항전은 위의 다섯 종목에 반 인원을 배분해 점수를 겨루는 시험. 반 단위로 도전하는 첫 시험이기도 하다.

"그럼 이것들이 어떤 종목인지, 개요를 설명해 나가겠다."

맨 처음에 있는 '지정 포인트 도달'은 던전 안의 지정된 장소에 도달하면 점수를 받을 수 있는 종목이다. 판정은 시험 전용 GPS 단말기로 계측. 도착 순서 1위에게 5점, 2위가 4점, 꼴찌라도 1점. 기권하면 0점으로 점수가 부여된다.

　지정 포인트는 매일 지정되며 날마다 층이 깊어져 점점 어려워진다. E반은 종반 시점의 도달이 거의 불가능하다고 예상되기 때문이 지정 층이 얕은 첫날부터 중반에 걸친 기간에 포인트를 얼마나 벌 수 있는지가 승부처가 된다.

　“다른 반은 이 종목에 은밀계 스킬을 가진 [시프]로 팀을 짜서 오겠지. 우리도 시험 전까지 전직 그룹을 늘리고 싶지만——.”

　방해되는 몬스터와 일일이 싸우면 끝이 없다. 때문에 몬스터에게 들키기 어려워지는 《은밀》이라는 스킬이 이 종목에선 중요해진다. 하지만 E반 대부분은 전직하지 못해 큰 핸디캡을 안고 임해야만 한다.

　다음으로 ‘지정 몬스터 토벌’ 항목 설명이다.

　그 이름대로 지정된 몬스터를 쓰러뜨리라는 건데, 이것도 날이 지남에 따라 지정되는 몬스터가 갈수록 강해진다. 한 마리밖에 나오지 않는 몬스터가 지정되는 일은 없기 때문에 어느 반이 맨 먼저 잡았는지는 문제가 되지 않는다. 안전하고 확실하게 잡을 수 있는 그룹을 만들 필요가 있다.

　토벌한 지정 몬스터의 마석을 단말기에 대면 자동으로 체크해 주는 기능이 있기 때문에 점수 계산도 자동으로 이루어진다.

　“더 강한 몬스터를 잡을 수 있도록 전술 이해도가 높은 그룹을 만들어서 임하고 싶다. 따라서 이 종목만은 나와 마지마가 멤버를 정할지도 몰라.”

　일반적으로 인원을 늘리면 전투력도 증가하는 법이지만 난적을 상대하는 경우나 안전, 확실, 신속과 같은 조건을 원한다면 소수정예가 좋을 때도 있다. 그런 점들을 고려하면 아카기나 마지마의 고정 파티로 가는 게 좋을 것이다.

다음 항목인 '도달 심도'는 시험 기간 중에 어디까지 들어갈 수 있는지를 시험하는 종목. 어쨌든 깊은 층으로 나아갈수록 점수가 들어온다. 돌아가는 시간은 생각하지 않아도 된다고 한다.

7층 정도까지라면 메인 스트리트를 걸어가면 적과 거의 조우하지 않고 도달할 수 있지만, 그런 층은 다른 반과 차이가 나지 않는다. 아마 메인 스트리트를 걸어도 전투가 발생하는 10층 이후의 층이 최저 라인이 될 것이다. 그러니——.

"이 종목은 설령 우리 반의 최고 레벨을 보낸다고 하더라도 이길 수 없겠지. 점수 배분은 크지만, 이 종목은 참가상만 노린다."

도달 심도는 상위 반의 독무대가 될 것이 틀림없다. A반에는 고레벨이 모여 있고, D반에조차 카리야처럼 레벨 10을 웃도는 학생도 있다. E반으로서는 참가상만 노리고 주력을 다른 종목에 돌리는 작전은 타당할 것이다.

그리고 이 종목에는 1위가 도달한 층의 절반 이하밖에 도달하지 못한 반은 실격되는 까다로운 규칙도 있다. A반의 레벨을 생각하면 8층 정도까지는 도달 못하면 참가상도 받기 어려워진다.

그렇다면 차라리 아무도 등록하지 않으면 된다는 생각이 들지만, 참가자가 없는 종목을 만드는 건 인정되지 않기 때문에 누군가가 손해 보는 역할을 맡을 필요가 있다. 타치기는 그걸 어떻게 생각하고 있는가.

네 번째인 '지정 퀘스트'는 지정된 것을 가져오는 종목이다.

모험가 길드에서도 비슷한 퀘스트가 나오고 있다. 그 퀘스트와 똑같이 '던전산 광석을 가져와라' '특정 몬스터가 드랍하는 물건을 가져와라'와 같은 내용이다. 이 종목을 클리어해 나가려면 전투능력뿐만 아니라 던전에 대한 지식도 나름대로 요구된다. 다만 단말기 사용도 인정되니, 그때 조사하거나 서로 가르쳐 주면 될 것이다.

마지막 '전체 마석량'은 반 대항전 기간 중에 반이 획득한 총 마석량으로 승부를 내는 종목이다. 모든 종목 중에서 가장 점수 배분이 크며 최종적으로 1위를 하면 다른 종목의 두 배 정도의 점수가 들어오게 된다. E반 입장에서도 가장 중요한 종목이라 할 수 있다.

마석은 최종적으로 모은 양과 질로 순위가 정해지며 매입 가격이 비쌀수록, 또는 많이 모으면 모을수록 평가가 높아진다. 하지만 E반은 다른 반보다 약한 몬스터밖에 못 잡기 때문에 필연적으로 질보다 양으로 승부하는 수밖에 없다.

"이 종목은 다른 네 개의 종목에서 얻은 마석도 집계된다. 즉, 어떤 종목에 배치되더라도 남은 시간에 마석을 모으게 될 것이다. 그리고."

이와는 별개로 가장 수준이 높은 마석을 가져온 반에는 보너스가 가산되는 특별 규칙도 있다. 하지만 E반이 그렇게 강한 몬스터를 잡을 수 있을 리도 없어서 이 보너스는 처음부터 없는 것으로 취급한다고 한다.

"타치기, 수고했다. 그럼 멤버 배분을 할 건데 먼저 희망을 들어 두지.”

마지마가 신호하자 작은 용지가 배부되었다. 여기에 이름과 다섯 개의 종목 중에서 하고 싶은 종목을 적어서 제출하라는 뜻일 텐데……. 그럼 어느 걸로 할까. 평범하게 전체 마석량 같은 걸 고르고 엑스트라답게 하는 게 눈에 띄지 않아서 가장 좋을 것 같다. 반대로 도착 순서를 경쟁하는 지정 포인트와 같은 바쁜 종목은 사양하고 싶다.

“근데 말이야, 도착 심도는 **버리는 종목**이잖아. 하고 싶은 녀석이 있나?”

반 친구가 당연한 의문을 말했다. 도착 심도는 아까 전에 타치기도 ‘버렸다’고 말했듯이 E반으로서는 승산이 없는 종목. 참가상 점수만은 따러 가는 모양이지만, 그 점수를 받는 층에 가는 것도 위험이 따른다.

“역시 써먹을 수 없는 사람이 해야겠지~. 다른 반을 따라가면 참가상 정도는 받을 수 있을 거 아냐.”

“못 써먹을 녀석이라면…… 쿠가나 뚱땡이 둘 중 하나잖아.”

“하지만, 어라? 쿠가의 레벨이 6이 돼있어.”

어째 분위기가 불온해지기 시작했다. 나와 쿠가가 희생양으로 거론되고 있는데, 쿠가는 바로 《페이크》의 표시를 바꿔 레벨 6으로 만들어 온 모양이다. 그렇게 갑자기 레벨 6으로 표시해도 괜찮을까. 들켜도 난 모른다.

“진짜? 계측하지 않았을 뿐이었나 보네. 그렇다는 건 뚱땡이로 결정?”

"반을 위해서 부탁한다, 뚱땡이."

"잠깐만! 다들 기다――."

사츠키가 큰 소리로 말하려고 했지만 리사가 바로 손을 잡아당겨 제지했다. 그리고 이쪽을 보며 고개를 끄덕였다. 혹시 내가 도달 심도를 하라는 뜻인 걸까.

게임을 할 때도 반 대항전이라는 이벤트는 준비되어 있었고 종목도 선택할 수 있었는데 그 중에서도 도달 심도는 가장 어려운 종목이었다. 이기면 히로인의 호감도가 오르는 등의 특전은 있지만 이런 초반에 상위 반의 최고위 전력과 겨루는 건 거의 불가능. 카리야 이벤트와 마찬가지로 2회차 전용 이벤트로 평가되었을 정도다.

물론 리사는 이기라고 말하는 건 아닐 것이다. 그럼 뭘 노리는 것인가. 전혀 모르겠다.

"나루미이, 해줄 거냐? E반의 미래가 걸려 있어."

"어, 미래?"

어떻게 할지 생각하고 있으니 마지마가 내 어깨를 툭 쳤다. E반의 미래라는 말을 하고 있지만, 어떻게 봐도 성가신 일을 강요하고 있는 거 맞지? 마치 위험한 곳에 파견 당하는 사축이 된 기분이군.

그래도 뭐, 어차피 누군가가 할 일이니 내가 맡아서 반 친구들의 호감도를 벌어 두는 것도 나쁘지 않을지도 모른다.

게다가 혼자 할 수 있다면 마음이 편하기도 하다. 단말기를 계층 입구에 있는 보관함에라도 맡겨 두고 남은 시간에는 자유롭게 행동할까. 어라? 그렇게 생각하니 이득일 것 같다는 느낌이 들기 시작했어.

모두를 위해서라면 하겠다는 느낌을 그럴싸하게 내면서 웃으며 승낙하자 마지마는 '너야말로 기대주다'라며 기분 좋게 어깨를 두드렸다. 도달 심도는 반의 리더로서도 고민거리였을 것이다. 그게 해결되어 기분 좋게 진행해 준다면 나로서도 일을 맡은 보람이 있다.

"나루미 외에는 그 용지에 희망 종목을 적어서 나나 타치기에게 줘. 오늘은 여기까지 하고 해산한다!"

각 종목의 그룹은 개인의 희망과 전력 균형을 보고 정해 나갈 것이다. 이후에는 그룹별로 모여서 작전회의를 하거나 던전 다이브를 한다고 한다. 혼자 하는 종목에 참가하는 나하고는 상관없을 것 같지만.

"땡큐, 뚱땡이."

"참가상만큼은 죽어도 따오라고!"

"이걸로 걸리적거리는 일은 정리됐네."

후우, 반에 도움이 되는 것도 기분이 좋군. 흥흥거리며 동생에게 옮은 콧노래를 부르면서 집에 갈 준비를 하고 있으니——.

"잠깐만."

언짢은 듯하면서도 잘 들리는 맑은 목소리. 그리고 이렇게 부르는 걸 보니 소꿉친구인 카오루겠구나.

뒤돌아보니 생각한 대로 카오루가 날 보고 있었다. 하지만 팔짱을 끼고 가늘고 긴 아름다운 눈썹을 약간 찡그리고 있는 걸 보니 뭔가 불만이라도 있는 것처럼 보였다.

"그렇게 경솔하게 떠맡고…… 괜찮겠어?"

경솔하게 떠맡았다는 건 도달 심도에 도전하기로 정한 것을 말하는 건가. 참가상 정도는 여유롭게 따올 수 있으니 그 점은 걱정할 필요 없다.

"괜찮아. 다른 반을 따라가서 참가상만큼은 반드시 따올 거야."

"……만약 전투라도 하게 되면, 목숨이 위험할지도 모르는데?"

그렇게 무슨 일이 생기면 카노가 슬퍼할 거라며 눈썹을 아래로 늘어뜨렸다. 확실히 내 레벨이 데이터베이스의 표시대로라면 참가상을 따오는 것만으로도 위험하지.

뚱땡이 시점으로 보는 카오루는 쌀쌀맞은 것처럼 보여도 원래는 남을 잘 돌봐 주는 착한 여자 아이. 잔걱정이 끊이지 않는 성격이라고는 하지만 걱정하게 만들어서 미안하다는 생각이 드네.

"이번에 7층까지 가기로 했어. 그래서 일요일에——."

"카오루. 반 대항전은 나랑 팀을 짜자."

뭔가 말하려고 했던 카오루의 목소리는 선명하고 낮은 목소리에 가로막혔다. 보니까 긴 금발을 가진 사람이 머리를 쓸어 올리면서 다가왔다.

"어떤 종목이라도 괜찮아……. 아니, **또** 성희롱이라도 당하고 있었어? 무슨 짓이라도 당했으면 나한테 의지해. 펀치 한 방에 날려줄 테니까."

"……그런 거 아니야."

날 수상하게 여기듯이 째려보나 싶더니 주먹을 내지르는 츠키시마. 그보다 '또'라니 무슨 소리야. 난 고등학교 입학 이후로 성희롱 같은 건 한 적이 없을 거라고. 아마도.

한편 카오루는 표정을 보면 기분이 급강하한 것처럼 보였다. 이런 상태인 걸 보면 츠키시마는 공략이 전혀 진행되지 않은 모양이다. 그렇지만 던익의 히로인은 대부분 쉬운 히로인 속성이 부여되어 있기 때문에 이후도 반드시 똑같을 거라고 볼 수는 없다. 하지만——.

이제는 내 눈앞에서도 숨기지 않고 꼬시게 되었군. 뚱땡이의 마음이 심하게 뒤틀려 버리잖아. 카오루하고는 무리하게 접근하지 않고 거리를 둬서 이 강렬한 마음도 조금은 진정되기 시작한 줄 알았는데 그렇지도 않은 것 같다.

보기만 해도 답답하고 기분이 안 좋아질 것 같아서 이만 돌아가 버릴까 망설이고 있으니 뒤에서 리사와 사츠키가 아주 친근하게 말을 걸어왔다.

"수고했어~. 근데 기대주라니…… 후훗."

"정말, 다들 소타한테 떠맡기기나 하고. 너무하지."

최근에 비밀 협정을 맺어서 던전 내외 불문하고 나와 아주 친하게 지내 주고 있다. 그런 그녀들이 나에게 말을 걸어 주기만 해도 거북한 분위기가 정화되어 활력이 솟아났다. 고마운 일이다.

"저기 저기, 이번주 일요일에 시간 있을까~. 같이 쇼핑하러 가줬으면 하는데~."

"어라, 하야세랑 츠키시마? 무슨 이야기하고 있었어?"

사츠키가 내 가까이에 카오루와 츠키시마가 서있는 걸 알아차리고 얼굴을 번갈아 봤다.

“……딱히. 난 이제 갈 거야.”

“야, 잠깐만, 카오루.”

발길을 돌리는 카오루와 뒤를 쫓는 츠키시마. 그런 두 사람의 뒷모습을 보고 있으니 다시 속이 답답해졌다.

—— 타치기 나오토 시점 ——

반 대항전 설명을 끝내고 돌아갈 채비를 하는 한편, 반 친구들은 돌아가지 않고서 교실에 남아 어느 종목을 할지 상의하고 있었다.

그들에겐 희망 종목을 쓰는 종이를 줬지만, 실제로는 누가 어느 종목에 가는지 절반은 이미 정해져 있다.

난 '지정 퀘스트', 유우마는 '지정 포인트', 사쿠라코와 카오루는 '전체 마석량'의 리더를 맡기로 돼있으며, 전투 스타일과 레벨에 따라 반 친구들을 분배해서 최적의 그룹을 만들어 나갈 예정이다. 또한 정예인 마지마 파티는 '지정 몬스터'를 담당해 주기로 돼 있다.

그 외 전략적으로 중요하지 않은 자는 인원이 부족한 곳에 적당히 배분하면 될 것이다.

한편 걸림돌이라 생각했던 쿠가가 레벨 6이 되어 있는 건 기분 좋은 오산이다. 이런 단기간에 올렸다고 생각하긴 어려우니, 아마 레벨 계측을 안 하고 있었을 뿐일 것이다. 빨리 담당 종목을 수정해 둬야 한다.

또 한 명의 걸림돌에게 시선을 돌리자, 진지한 표정을 지은 카오루와 뭔가 이야기하고 있었다.

마지마는 그를 적당히 부추겨서 버리는 종목을 시켜 참가상을 타면 횡재라는 정도로만 생각했다. 하지만 레벨 3 정도라면 참가상을 탈 수 있는 층에 가는 것 자체가 큰 리스크가 돼버린다. 나루미도 그걸 이해하고 있다면 무리하지는 않을 테지만…… 카오루는 그래도 걱정될 것이다.

이전에 어릴 때부터 알고 지낸 사이라는 말을 듣긴 했지만, 교실에서 이야기하는 일은 거의 없어서 분명 사이가 소원할 거라 생각했다. 하지만 저 모습을 보면 그렇지도 않은 것 같다.

그런 두 사람 사이에 분위기를 파악하지 않고 끼어드는 츠키시마. 수업 태도도 안 좋고 최근엔 카오루를 따라다니는 모습이 자주 보인다. 부담이 되는 것 같으면 주의라도 한 번 줄까.

(자 그럼. 지금부터 갈 곳은 전장. 마음을 다잡고…… 음?)

조용히 마음을 다잡고 교과서가 든 가방을 메고 일어나려고 하자 천상의 사자가 말을 걸어오는 듯한 기분 좋은 목소리가 귀를 스쳤다. 나도 모르게 그 방향으로 내 고유 스킬《청각 강화》를 썼다.

"수고했어~. 근데 기대주라니…… 후훗."

"정말, 다들 소타한테 떠맡기기나 하고. 너무하지."

지적이고 차분한 느낌이 있으면서도 어딘가 천진난만함이 남아 있는 닛타와, 다른 사람들 이상으로 반을 위해 움직이고 인정이 두터운 오오미야. 그 두 사람이 친근하게 나루미에게 말을 걸고 있었다. 일전의 연습회에서도 나루미와 어깨를 맞대고 담소를 나누는 걸 봤는데…… 굉장히 신경 쓰인다.

"저기 저기, 이번주 일요일에 시간 있을까~. 같이 쇼핑하러 가줬으면 하는데~."

대체 어떤 사이인지 신경 쓰고 있는데 충격적인 내용이 들려 나도 모르게 책상을 덜컹 하고 움직여 버렸다.

지난주에 있었던 학력 테스트에서는 반에서 가장 좋은 성적을 거둔 총명한 닛타. 그럼에도 불구하고 왜 저 남자를 상대하는 것인가. 이과 관련은 어찌 됐든 문과 관련은 평범. 던전에 관해서는 낙오자이며 미남인 것도 아니다. 그저 단순히 고립돼서 동정했을 뿐이라 생각해서 신경도 안 썼는데…….

그리고 내 뒤를 이어 반에서 3위의 성적을 거둔 오오미야도 나루미에게 적극적으로 말을 걸었다. 게다가 거리가 상당히 가깝다. 서클을 만들겠다며 결의에 찬 며칠 전의 표정과는 전혀 다르게 즐거운 듯한 웃음까지 띠고 있었다. 혹시 나루미에겐 숨겨진 뭔가가 있는 건가?

(아니야. 이후의 일에 집중해라.)

심두멸각이면 불 또한 시원해질지니. 마음이 흐트러지면 올바른 미래도 개척할 수 없다. 애끓는 마음으로 그 자리를 뒤로하고 아직 무더운 교실 바깥으로 발걸음을 떼기로 했다.

▰////////////////////////////

교내를 남북으로 횡단하는 가로수길을 따라 북쪽 구역으로 향했다. 이 부근에는 모험가 학교의 부실동과 훈련 시설이 밀집되어 있어서 여기저기에 방어구나 운동복을 입은 학생이 땀을 흘리며 부활동에 힘쓰고 있다.

거기서 동쪽으로 몇 분 정도 더 걸으면 확연하게 경관이 바뀐다. 이곳은 '제1'이라는 이름이 붙은 부실이 있는 구역이다. 부실이라 해도 담장으로 둘러싸인 넓은 부지에 영빈관과 같은 호화로운 저택이 있어서 처음 온 사람은 분명 당황할 수밖에 없다.

(이건…… 우리가 부활동을 만든다고 해도 쉽게 상대할 순 없겠어.)

유지비만으로도 눈알이 튀어나올 만한 돈이 들 텐데, 저명한 귀족이나 대기업으로부터 윤택한 자금을 제공받고 있으니 아무런 문제도 없을 것이다. 그런 건물 몇 개를 지나 목적지에 도착했다.

(여기인가. 제1마술부의 부실이.)

돌로 만들어진 담장의 틈새로 보이는 것은 에메랄드색 지붕에 하얗게 반짝이는 외벽을 가진 양옥.

철제 문 앞에는 정장을 입은 남자가 직립 부동 자세로 서있었다. 내가 올 것을 알고 있었는지 나를 한번 째려보는가 싶더니 말없이 문을 열고 무뚝뚝하게 '따라와라' 하고 말했다. 그럼 사양 말고 들어가자.

부지 안으로 들어가니 현관까지 가는 통로에는 대나무가 심겨 있어 어느 정도 어둑어둑하고 습도도 낮았다. 그 대나무는 아래에서 마도구로 비춰져서 환상적인 공간이 연출되고 있었다.

(놀라울 정도로 조용해.)

거리적으로는 아까 전에 본 학생이 많이 있는 부실동 구역과

가까울 텐데, 그 떠들썩한 소리가 전혀 들리지 않았다. 어떠한 마법 처리가 돼있을 것이다.

그대로 정장을 입은 남자의 뒤를 따라 건물 안으로 들어가 색이 선명한 융단이 깔린 계단을 올라 2층에 있는 응접실로 안내를 받았다. 안에는 빨갛고 긴 머리카락을 땋아 옆으로 늘어뜨린 작은 체구의 여자가 소파에 편안하게 앉아 미소 짓고 있었다. 꽃무늬 자수가 들어간 검은 벨벳 망토에는 어떤 마력이 담겨 있는지 보라색으로 불가사의하게 빛나고 있었다.

"어서 와, 나오."

속삭이듯이 부드럽게 내 이름을 부르는 이 분은 잇시키 오토하 님. 우리 집안이 대대로 섬겨온 자작가의 적녀다.

현재는 2학년 A반. 제1마술부의 부장이자 팔룡 중 한 명. 다시 말해서 모험가 학교의 최고위 마술사이며 큰 파벌을 이끄는 여덟 명의 권력자 중 한 명이라는 뜻이다. 그런 인물에게 옛날처럼 불려서 부끄러움과 기쁨이 북받쳤다.

검은 레이스가 달린 장갑을 낀 손으로 맞은편의 소파에 앉도록 권해서 인사를 하고 그대로 앉기로 했다.

"격조했습니다, 오토하 님."

"네. 4년만인가요."

그녀가 모험가 학교에 가서 고향을 떠난 이후부터 오늘까지 약 4년. 길기도 했고 짧기도 했다. 원래는 더 제대로 된 만남을 계획하고 있었지만.

그건 그렇고. 학교에 들어가기 전까지는 병약하고 피부가 하얬는데, 지금의 오토하 님은 몰라보게 안색이 좋아졌다. 레벨업에 따른 육체 강화의 혜택일까.

"상당히 건강해지신 것 같군요. 존함은 어디에 있어도 익히 들었습니다."

"그런가요. 여러 일이 있었으니까요."

이 나라뿐만 아니라 해외에도 널리 알려진 잇시키 오토하의 이름. 그녀가 집안을 잇게 되면 백작으로 승격되는 것도 꿈이 아니라는 말을 들을 정도로 흔치 않은 재능의 소유자. 그런 만큼 굉장히 바쁘다고 들었다.

오늘도 제1마술부의 동료와 심층 던전에 가있었는데 무리하게 요구해서 그녀의 고유 마법《텔레포트》로 빠져나와 이 자리를 마련해 줬다. 원래라면 항상 측근이 곁에 있어서 E반인 나 따위가 다가갈 수 있는 분이 아니다. 오래 전부터 다른 부활동 멤버가 없어지는 이 상황을 노려 접촉을 시도해 보고 있었다.

"나오는 어떻게 지내고 있나요? 뭔가를 상담하고 싶다고 들었는데."

"네. 긴히 의논할 것이 있어서 왔습니다만……."

시간이 없어서 단도직입적으로 본론에 들어가고 싶지만, 그녀 뒤에는 아까 전의 정장을 입은 남자와 또 한 명의 정장을 입은 여자가 선 채로 대기하고 있었다. 연령적으로 둘 다 20세를 이미 넘어서 학생은 아닌 것 같다. 대체 어떤 사람일까.

"아아, 이 사람들은 신경 쓰지 마세요. 누설할 걱정도 없어요."

"……알겠습니다. 그럼."

이야기하고 싶은 것은 물론 E반의 어려운 상황 보고, 그리고 직접적인 호소. 팔룡인 오토하 님께 그런 이야기를 했다는 게 알려지면 상위 반과 상급생에게 찍혀 더욱 적대적으로 행동할 가능성이 있다. 비밀스럽게 만나 이야기하고 싶었다.

하지만 다른 사람에게 이야기하지 않는다고 하니 덧붙일 말은 없다. 신경 쓰지 말고 이야기하자.

우선은 E반이 받는 냉대에 대해. 부활동 권유식에서 봤듯이 상위 반으로부터 멸시 당하고 있다는 것은 명백하다. 최근에는 차차 정도가 심해지고 있고, 그에 대한 학교의 무관심한 태도도 묵과할 수 없다.

그렇게 보고하자 오토하 님은 얼굴을 약간 숙이며 깊이 생각하는 몸짓을 보였다. 자애로운 마음을 이용하는 것 같아서 마음이 괴롭지만, 나로서도 달리 방법이 없다. 숨기지 않고 말하기로 했다.

"……그런가요. 그 외에도 있나요?"

물론 있다. 다음으로 부활동을 창설할 때 편의를 봐줄 수 없는지 부탁해 봤다. D반과의 결투에 패배해서 E반의 인원만으로 부활동을 만드는 것을 금지당했기 때문이다.

오오미야도 학생회와 교섭하고 있는 모양이지만, 들어 주기는커녕 문전박대만 당할 것이다. 하지만 팔룡의 일각인 제1마술부가 움직인다면 이야기는 달라진다. 아무리 학생회라고 해도 오토하 님을 함부로 대할 수는 없을 것이다.

"결투…… 그러고 보니 1학년의 정례 행사가 됐었죠."

정례 행사. 설마 그런 짓을 매년 하고 있었던 건가. 그렇다면 배후에 D반보다 더 높은 존재가 있다는 건 확실하다. 부활동의 정점에 있는 입장으로서 뭔가 알고 있지 않을까.

"그렇군요, 그렇군요. 그런데 나오. 이 학교는 무슨 목적으로 움직이고 있다고 생각하나요."

갑자기 무슨 질문을 하는 걸까. 학교의 목적…….

"입학식 때 교장 대리가 말씀하셨습니다. 국민의 기대에 부응하기 위해 진정한 모험가를 기른다고."

"네. 하지만 다른 목적도 있어요."

천천히 일어나 근심을 띤 표정으로 창밖을 바라보는 오토하 님. '다른 목적'이라니, 모험가 육성 외에 뭐가 있다는 말인가.

"우선은, 그렇네요. 이 나라의 현재 상황부터 설명하죠."

지금은 격동의 시대.

예전의 세계에선 경제력과 군사력, 풍부한 자원이 힘이었다. 하지만 인공 매직 필드가 발명된 이후로는 강력한 모험가의 존재도 중요 항목이 되어 세계 질서와 파워 밸런스에 크게 영향을 끼치게 되었다.

자연스럽게 각국이 모험가 육성에 심혈을 기울였는데, 우리나라도 예외없이 막대한 자금을 투입해서 육성에 힘쓰게 되었다. 그 덕분인지 강력한 모험가를 몇 명이나 국내에서 탄생시킬 수 있었다. 최근에는 남작 작위를 수여받은 컬러즈의 클랜 리더, 타사토 코타로 등이 유명하다.

이렇게 대단히 우수하면서 공적을 남긴 자에겐 귀족 계급이라는 미끼를 주고 나라에 충성을 맹세하게 하여 국위로 삼는다. 이것이 우리나라의 모험가 정책의 근간을 이루고 있다. 그러한 경위로 새로 귀족이 된 자—신귀족이라 불리고 있다—는 부하인 공략 클랜을 배경으로 두고 사람과 돈을 모아 급속하게 큰 힘을 기르기 시작했다. 정부는 그걸 용인하고 있다.

한편으로 메이지 시대부터 이어져 온 종래의 귀족—지금은 구별해서 고귀족이라고 한다—에게도 강력한 사회 특권과 기득권익이 있어, 그러한 것들에 의지하던 기업과 단체도 많아 힘도 강대했다.

하지만 최근엔 그런 조직도 위세가 좋은 신귀족에게 잇따라 돌아서고 있다. 그뿐만 아니라 부하였던 사족의 배신까지 끊이지 않는다고 한다. 이는 혈통과 전통을 중시해 온 고귀족에게 위협이자 공포 그 자체이기도 하다.

그래서 취한 수단은 두 가지.

하나는 신귀족에게 지지 않도록 혈족을 강력한 모험가로 기르는 것. 고액의 투자를 해서 강력한 장비를 들려 주고 강한 모험가를 고용해 육성하는 것이다. 그야말로 서민은 상대할 수 없을 정도로. 이 학교에 많은 종자를 거느리고 있는 귀족이 많은 건 그 때문이라고 한다.

또 하나는 타사토와 같은 신귀족이 더 이상 태어나지 못하게 하는 것. 전국에서 우수한 서민이 모이는 곳을 이용해 싹이 트기 전에 부수거나 예속시킨다. 그러기 위해 고귀족들은 온갖 수단을 써서 모험가 학교의 이사회를 장악한 것이다.

"그런 불합리한. 그런 짓을 하면 나라가 썩어서 망할 텐데."

"**우리**의 위기감은 그렇게나 크답니다."

무엇보다도 가문의 존속을 중시하는 고귀족. 신귀족의 대두로 인해 내밀려서 대가 끊어져 버릴지도 모른다. 기득권에 매달린 고귀족의 입지는 좁고 약하다.

그걸 저지하기 위해서라면 다소의 부조리 같은 건 신경 쓰지 않는다. 투기장에서의 소동도, 부활동 참가 제한도, 전부 고귀족과 그 일파가 만들어 내고 관습으로 삼은 것. 동시에 학교 안에서 자기들의 영향력을 높이고 강화를 도모한다. 팔룡이라는 개념도 거기서 생겨났다고 한다.

천천히 숨을 내쉬며 '그게 이 학교의, 또 하나의 목적이에요'라며 고백했다. 하지만 당연하게도 E반에 대한 추격이 끝난 건 아니다.

"그리고 보니, 슬슬 반 대항전이 있죠. 숨겨진 규칙은 알고 있나요?"

"숨겨진 규칙…… 아뇨, 모릅니다."

수긍하듯이 '그렇겠죠, 그럼 특별히 가르쳐 드리죠'라고 말하는 오토하 님.

"종목을 수행하면서 조력자를 구해도 된다는 규칙이에요. 귀족이 많은 A반은 많은 종자를 거느리고 도전하겠죠. 나오의 반에 도움을 청할 곳은 있나요?"

"무슨?! 그러면 공평한 시험이 될 리가…… 아니. 공평함 같은 건 처음부터 아무래도 상관없나…….”

생각해 보면 던전 안에서 학생을 감시하는 것은 이 팔에 차는 단말기밖에 없고, 누군가가 암약한다고 해도 알 방법도 없다. 얼마든지 부정을 행할 수 있는 환경이다. 애초부터 승부를 낼 생각 따위는 없을지도 모른다.

절망해서 고개를 떨굴 것만 같았다. 우리가 필사적으로 해온 노력은 무엇이었단 말인가. 아무리 발버둥 쳐도 기어오를 방법은 없는 건가——.

“기어오를 방법이라면 있다구요?”

“그, 그건 뭡니까.”

마치 내 마음속을 들여다본 것처럼 생각하고 있는 것을 정확하게 맞히는 오토하 님. 무심코 매달리듯이 되묻고 말았다. 내 대답을 듣자 손을 슥 들어 뒤에 대기하고 있던 두 사람에게 어떤 지시를 내렸다. 두 사람은 바로 팔을 걷어 올려 문신 같은 문양을 보여 줬다.

“이걸 몸에 새겨 우리에게 충성을 맹세하는 방법이에요. 그렇게 하면 이사회도 **당신**을 표적으로 삼지 않게 될 거예요.”

그건 금기로 정해진 몸에 새기는 타입의 계약 마법이지 않은가. 계약자의 인권을 침해하기 때문에 국제법으로 금지되어 있으며 정부도 엄격하게 단속하고 있을 것이다. 그걸 왜…….

눈앞에 있는 소녀가 입꼬리를 완만하게 올리더니 몸을 약간 앞으로 숙여 어두운 눈동자로 들여다봤다. 그리고 속삭이듯이, 타이르듯이 말했다.

“제가 손을 쓰면 D반 편입도 가능해요. 제1마술부 입부도 허가하죠……. 어떻게 할래요?”

그 아름답고 마음씨 착한 오토하 님이 뭔가 무서운 괴물로 보이기 시작했다.

"와아~. 이런 곳이 진짜로 있었구나."

"아무도 없는 건 조용해서 좋지만~. 역시 허전하네~."

"뭔가 횡재할만한 건 없으려나~ 흐흥♪"

10층 게이트 앞 광장. 오늘은 사츠키 일행이 전직하고 싶다고 해서 같이 어울려 주기 위해 와있다. 동생은 이 가게 물건 살피는 걸 얼마나 좋아하는지 당연하게도 따라왔다.

"안녕하세요! 또 왔어, 언니!"

"어머나, 어서 와. 오늘은 '그거' 가져오지 않았니?"

우리가 그걸 가져오지 않았다는 걸 알자마자 고개를 푹 숙이며 실망하는 푸르푸르. 완전히 그것 의존증에 걸리셨다. 그렇게 원하면 스스로 찾으러 가면 된다는 생각이 들지만, 푸르푸르는 어떠한 이유 때문에 특정 층에만 이동할 수 있다고 해서 원하는 것은 모험가에게 의뢰하고 있다. 하지만 게임과는 달리 이 가게에는 모험가가 거의 안 오는 데다가 블러디 바론을 쓰러뜨린 건 아마 우리뿐일 것이다. 올 때마다 다음 그것은 어떻게 됐냐면서 독촉당하고 있다.

그렇다고는 해도 블러디 바론을 불러내기 위한 아이템을 모으는 것만 해도 힘드니 그렇게 간단히 매번 가져올 수 있을 리가 없다. 그렇게 전하자 푸르푸르는 검지를 입가에 대고 한순간 생각하는 동작을 취하나 싶더니 '잠깐 기다리렴'이라고 말하고 가게 안으로 곧장 달려갔다. 그리고 투박하고 거대한 망치를 손에 들고 돌아왔다.

그건…… 부스트 해머인가. 마력을 담아 망치를 휘두르면 뒤쪽이 폭발해서 충격력을 높여주는 매직 웨펀의 일종. 게다가 불꽃 인챈트가 걸려있는지 가끔씩 빨갛게 흔들거렸다. 사려면 1000릴은 우습게 넘을 것이다. 현시점에는 가지고 있는 자산을 전부 긁어모아도 사는 게 불가능한 고급 무기다.

"이거라면 15층의 언데드 따위는 한 방이야."

"뭐, 그렇긴 한데…… 어, 주는 거야?"

그 대신 그것, 즉 [원독의 영혼]을 10개 이상 가져오라니, 그렇게까지 해서라도 그 불쾌한 물체를 먹고 싶은 모양이다. 보수를 선불로 받는 새로운 퀘스트라 생각해도 될까. 그런데 이게 있으면 아버지와 어머니도 처형장 조기 데뷔를 할 수 있을지도 모르겠네.

또 하나 줄 수 없는지 뻔뻔하게 말해 보니, 무려 두 배나 되는 개수를 요구했다. 얼마나 먹고 싶은 거야…….

"그건 치사하잖아!"

앞으로 한동안 이어질 두더지 잡기 생활에 전전긍긍하고 있으니 진열대 쪽에서 비통한 외침이 들려왔다. 무슨 일일까.

"분명 잔뜩 데려올 거야~ 특히 A반은."

"다들 그렇게 의욕을 내고…… 연습도 열심히 했는데……."

반 대항전의 숨겨진 규칙 이야기인가. E반에는 비밀로 되어 있지만, 사실 대항전에선 조력자 참가가 암묵적으로 인정되고 있다.

고위 모험가 인맥을 가지고 있는 것도 실력의 일부라는 말을 하고 있지만, 그건 단순한 구실. 종자를 잔뜩 거느린 귀족이 항상 이길 수 있도록 규칙 제정을 강제로 추진했을 뿐이다. 동시에 인맥이 없고, 종자도 없는 E반을 두들겨 패기 위한 규칙이기도 하다.

"조력자를 데려오는 게 가능하다는 말은, 나도 끼어도 되나?"

동생이 머리를 갸웃거리며 혼란을 틈타 출전할 수 있는지 물었다.

"성가신 놈들도 나오니까 넌 안 돼."

"사츠키 언니 리사 언니! 오빠가 또 날 따돌려!"

또 시작됐다. 울면서 매달리면서 날 나쁜 놈으로 만들려는 못된 버릇이.

"근데 다른 반이 도움을 요청한다고 하면~ 우리도 불러도 되는 거 아니려나~?"

"카노가 와주면 도움이 되겠지만."

두 사람이 긍정하는 듯한 말을 하자 언질을 받았다는 듯이 안겨 두 사람에게 보이지 않게 씨익 웃는 동생. 하지만 이번만큼은 허락할 수 없는 이유도 있다.

"우리 반에는 카오루도 있어. 들키면 귀찮아질 거라고."

"흥. 그 여자는 사람을 보는 눈 같은 건 없거든. 무조건 참가할 거야!"

안 된다고 해도 '이건 장래를 위한 사회 견학이야'라며 투덜거리기 시작했다. 말끝마다 토를 단다. 이대로 있으면 말없이 참가해 버릴 것 같으니, 조건을 달아서 단기간의 견학 정도는 허락하는 편이 좋을지도 모르겠다. 정체를 숨기는 아이템이라도 사갈까.

"근데 A반은 실력이 어느 정도일까. 수준이 엄청 높다고 들었는데."

"우리가 상대하는 건~ A반이 아니라 D반인데~?"

"그, 그렇지. 한 걸음씩 열심히 해야지."

쭈뼛거리며 A반의 실력을 묻는 사츠키. A반은 E반에 비해서 개개인의 수준이 굉장히 높으며, 게다가 장비와 스킬, 경험 등을 가미하면 E반과는 비교도 안 될 정도로 종합적인 실력 차이가 난다. 조력자의 존재가 있든 없든 이길 수 있는 요소는 거의 없다. 설령 레벨이 20인 내가 몰래 활약한다고 해도 힘들 것이다. 애초에 현 시점에 그들을 상대할 필요도 없고, 우선은 실력을 길러서 D반 타도를 우선해야 한다.

"D반이면 누굴 조력자로 불러 올까?"

"항상 이야기하는 클랜을 불러오지 않을까~. 교실에서 자주 자랑했던…… '소렐'이었나."

"소렐? 내 다리를 벤 그 어처구니없는 클랜?!"

D반 놈들은 틈만 나면 E반의 교실까지 와서 소렐이라는 공략 클랜에 가족이 있다며 자랑했다. 그런데 그 소렐은 이전에 동생의 다리를 베어서 미끼로 삼은 멤버도 있는, 원한이 있는 적이기도 하다.

상대는 우리를 기억하지 못할지도 모르지만…… 만나면 몰래 때려눕히는 정도는 용서해 줄 수 없을까. D반 녀석 몇 명에게도 벌을 주고 싶으니 좋은 기회일지도 모른다. 만일을 위해 감정 저

해나 인식 저해 계통을 사둘까.

기괴한 아이템이 진열된 진열대에서 목표 아이템을 물색했다.

우선 집어든 건 외형이 소박한 [광대의 가면]. 이건 감정계 마법으로부터 몸을 지켜 주는 효과가 붙어있는 흔한 매직 아이템이다. 스탯을 위장하는 《페이크》와는 달리 감정을 직접 저해하여 실패시키는 효과가 있다. 《간이감정》은 물론이고 상위 스킬인 《감정》에도 어느 정도 저항력을 가지고 있지만, 몇 번이고 쓰면 돌파당하니 그 점은 주의해야 한다.

그리고 다크 호퍼라는 거대한 개구리의 가죽으로 만들어진 짙은 갈색의 로브. 이걸 입은 자는 존재감이 희석되어 기억하기 어렵게 만들거나 들키기 어려워지는 효과가 있다. 단, 몬스터에겐 효과가 없는 대인 전용 아이템이다. 던익에선 초보자 PK용 로브라 불렸다.

둘 다 사냥을 할 때는 필요가 없어서 구입을 미뤘지만, 앞으로 일어날지도 모르는 대인전을 생각하면 인식 저해 계통 아이템 한둘은 가지고 있는 편이 좋을 것이다. 그래서 사람들 앞에 나서고 싶으면 이걸 입으라고 동생에게 말해봤다.

"전부 촌스러워! 이건 가면이라기보다는 그냥 낡은 나무탈이잖아. 이건 갈색 가죽에 머리를 집어넣는 구멍이 뚫려있을 뿐인 판초고. 좀 더 예쁜 게 좋아!"

확실히 촌스러울지도 모른다. 하지만 정체를 숨길 목적으로 사는데 예쁘게 해서 어쩔 거냐며 다소 실랑이를 하면서 투덜거리는 동생을 어떻게든 설득. 지금은 가지고 있는 릴이 그리 많지 않으니 동생 것만 사기로 했다.

카노는 한동안 토라져 있었지만 지금은 사츠키와 전직 이야기로 꽃을 피우고 있다. 그 모습을 흐뭇하게 보고 있으니 리사가 살짝 말을 걸어왔다.

"게임에선 저 가면도 로브도 거의 무가치했는데~. 나도 여차할 때를 위해 사둘까~."

"뭘 하든 목숨이 달려 있으니…… 그러고 보니 물어보고 싶은 게 있었어."

"음~ 뭘까나~?"

리사는 머리 회전이 너무 빠른 탓인지 자주 이야기가 다른 데로 튀거나 이해 안 되는 제스처를 취하는 경우가 있다. 그러니 앞으로도 연계할 수 있도록 제대로 의사소통을 해나가고 싶다.

"종목을 정할 때 왜 나한테 도달 심도를 시키고 싶었던 거야?"

"후훗. 제일 적임이라는 점도 있지만~……."

반에서 내가 도달 심도를 떠맡게 되는 흐름이 만들어졌을 때, 보다 못한 사츠키가 제지하려고 했다. 그걸 리사가 손으로 막고 다시 흐름에 맡긴 일이 있었다.

"아마 A반은 도달 심도에 그 '수석'이 참가할 거잖아~? 걔가 어느 방향으로 가는지 소타가 확인해 줬으면 좋겠어."

"차기 학생회장이 되어 같은 편(히로인)이 되는가…… 핑크의 라이벌이 되어 적(최종 보스)이 되는가, 인가."

모험가 학교 1학년 수석이자 차기 학생회장인 세라 키쿄우. 일본에선 몇 없는 [성녀]의 혈족이며 후작 작위를 가진 명가의 영애다. 여담이지만 내 최애 캐릭터이기도 하다.

　게임에선 아카기, 혹은 남자 커스텀 캐릭터로 공략이 가능하고 히로인으로서 1, 2위를 다툴 정도로 인기 있는 캐릭터였다. 그런 반면, 산죠 혹은 여자 커스텀 캐릭터로 플레이하면 성가신 적으로 등장하는 시나리오도 있다.

　지금 난 세라 씨에게 접근해서 공략할 생각은 없으니 멀리서 사랑스럽게 보는 것만으로도 충분하다. 아카기나 다른 누군가가 그녀를 공략한다고 하면 맡기면 된다고 생각하고 있었다. 하지만 이 세계의 주인공이 여성인 경우, 세라 씨는 대재앙을 일으킬 가능성이 있다. 그걸 완전히 잊고 있었다.

　"소타는 남자 캐릭터 말고는 해본 적이 없으니까 이래저래 정보가 빠져있단 말이지~."

　"뭐 그렇지…… 이미 늦었어."

　BL모드와 여자 주인공을 자세히 알고 있는 리사가 있어줘서 정말 다행이다. 나 혼자만으로는 이 세계를 잘 헤쳐나가지 못했을 것이다.

　"그리고~ 수석이 **봐주는** 것도 좋을지도 모르지."

　"아아, 그런 스킬도 있었지."

　최강 히로인이라고도 불리는 세라 씨는 그 비평이 틀리지 않는 강력한 고유 스킬을 많이 가지고 있으며, 그 고유 스킬 중 하나로 대상의 미래가 보이는 《천안통》이라는 마안 스킬이 있다. 처음 만나는 사람에게도 그 마안을 거리낌 없이 쓰고 미래를 맞히는 습관이 있으니, 리사는 이왕이면 미래를 보는 게 좋을 거라고 말하는 것이다.

물론 흥미는 있다. 《천안통》은 가까운 미래가 상당히 자세하게 보이는지, 게임에서도 캐릭터 육성이나 이벤트가 잘 진행되고 있는지 점을 본다는 점에서 요긴하게 쓰고 있었다. 사실은 리사도 미래를 봐달라고 하고 싶었던 모양이지만, 자신이 주인공일 경우 세라 씨가 적이 돼버릴 가능성도 완전히 버릴 수 없어서 그다지 접근하고 싶지 않다고 한다. 상당히 신중하다.

근데 내 미래라. 어떻게 될까. 학교에선 잘 지낼 수 있을까. 어쩌면 우연한 계기로 귀여운 아이에게 고백을 받아 화기애애하게 지내거나 하진 않을까. 아니, 그 전에 퇴학당할지도.

"하지만 도달 심도에는 B반의 그 사람도 참가하니까 조심해야 한다~? 이래저래 까다로운 것 같으니까."

"그래. 그 녀석을 쓰러뜨리는 건 아카기 일행이야. 난 조용히 지켜볼 거야."

E반 괴롭히기의 주범격 인물 중 한 명, 1학년 B반 스오우 코우키. 강한 귀족주의와 선민사상의 소유자다. 팔룡 몇 사람과도 인연이 있고 뒤에서 카리야에게 지시를 내려 E반에 보낸 것도 이 녀석이다. 원래는 스토리를 진행하면서 배후자가 스오우라는 게 밝혀지지만 우린 플레이어라서 당연히 그걸 알고 있다.

메인 스토리에서는 어떤 시나리오든 주인공의 앞을 막아서며 몇 번씩이나 적대하고 싸우게 된다. 그 싸움들을 무사히 극복하면 주인공과 그 파티는 정신적으로도 육체적으로도 크게 성장해 나갈 수 있으니, 실패라도 하지 않는 이상 내가 개입할 상대는 아니다.

적어도 현시점의 스오우는 주인공이 아니라 차기 학생회장에게 집착하고 있으니 E반을 진심으로 부수려고 하지는 않을 것이다. 이번 반 대항전은 상황을 지켜보면 될 것이다.

"깔끔하게 참가상만 받고 그 후에는 마음대로 할 거야."

"후훗. 소타라면 아무 문제없지~."

도달 심도는 수석이 이끄는 A반과 선두 경쟁을 하면 몰라도 참가상만 노린다면 나한테는 아주 쉬운 일이다. 오히려 기다려지기까지 했다. 게임에서 최애였던 차기 학생회장과 가까이에서 대면할 수 있다니, 왠지 두근거림이 멈 · 추 · 지 · 않 · 아♪

"오빠~ [로그]가 됐어~! ……아니. 왜 그렇게 몸을 배배 꼬고 있는 거야."

"정말로 그런 직업이 있었네. 카노 대단해!"

무슨 일이 있어도 《섀도 스텝》을 배우고 싶다고 해서 그 전제가 되는 직업으로 전직한 동생. [로그]는 DLC로 추가된 직업이라 일반적으로 세간에는 알려져 있지 않아서 그런지 사츠키가 '대단해 대단해'라며 연호했다.

"그럼 나도 하고 올까."

"나도 전직하고 와야지~."

곧 시작될 반 대항전. 아카기와 카오루 일행은 무사히 잘할 수 있을까. 반 친구들도 열심히 하고 있는 것 같으니 조금은 보답을 받았으면 한다.

"지정 몬스터반, 날 따라와라."

"얘들아 가자~!" "오오!"

홈룸이 끝나 방과 후가 되자마자 마지마가 '던전에 간다'면서 소리치며 반에 호령했다. 뒤를 따르는 자들은 마지마와 함께 던전에 가는 E반의 정예들. 평소부터 파티를 맺고 있으면 어떻게 움직이면 되는지 이해가 깊어져 연계도 하기 쉬워진다. 강적을 상대로도 좋은 성적을 낼 것이라 기대를 받는 그룹이다.

"나도 마지마랑 같은 그룹 하고 싶었는데~."

"너 레벨 충분해? 지정 몬스터는 지정 포인트 다음 정도로 힘들다던데."

"그럼 타치기가 리더를 맡는 지정 퀘스트를 노렸어야 했나."

가까이에 앉아 있는 여자가 불평했다. 마지마는 레벨이 높고 리더십도 있어서 반에서는 인기가 아주 많다. 그가 소속된 파티에 들어가고 싶다는 사람이 끊이지 않는 것도 그 때문이다.

또 하나의 인기 파티인 아카기 일행은 어떻게 하고 있느냐 하면, 아카기 파티를 각 종목에 분산시켜 각 그룹의 리더를 맡기게 되었다. 책임감이 강하고 머리도 잘 돌아가는 그들에겐 적임일 것이다. 그 그룹 리더들의 자리 주변에 반 친구들이 모여있었다.

지정 퀘스트는 타치기. 지정 포인트는 아카기. 전체 마석량은 핑크와 카오루가 맡았고 멤버가 둥글게 모여 회의를 했다.

참고로 리사는 지정 퀘스트, 사츠키는 전체 마석량에 배치된 모양이다. 각 종목 참가자의 면면들을 보면 레벨과 능력을 잘 고려해서 배분한 것처럼 느껴졌다. 사전에 희망 종목 용지를 나눠 줬지만, 그건 명목상으로만 한 조사고 타치기 같은 사람들이 뒤에서 정했을지도 모른다.

그런 타치기는 왠지 기운 없이 멍했다. 멍하니 있는데 리사에게 볼을 찔려 허둥거렸다. 그는 평소에 뒤에서 이래저래 활동하는 일이 많으니 다소 느슨해지는 건 따뜻한 눈으로 지켜봐 줘야 할 것이다.

그런 느낌으로 방과 후의 교실은 반 친구들이 작전이나 연습 방법을 적극적으로 제안하여 활기찼다. 기세를 타고 지금부터 던전에 들어가려는 그룹도 있는 모양이다.

한때는 밑바닥까지 떠밀려 하나같이 눈빛이 어두웠는데 지금 모두에게서는 필사적으로 분발하려는 기개가 느껴졌다. 그런 모습을 보고 있으니 몰래 응원하고 싶어지네.

그래서. 한편으로 난 어쩌고 있나 하니.

종목을 해내기 위해 딱히 할 것은 없고, 그렇다고 해서 기대를 받고 있는 것도 아니고. 이대로 돌아가도 아무도 눈치 채지 못할 거고. 즉 이전과 마찬가지로 외톨이 상태인 것이다.

라는 건 농담이고. 오늘은 이것저것 할 일이 있어서 바쁘다. 딱히 혼자인 게 외롭다거나 그런 게 아니야. 정말이라니깐.

학교에서 나와서 곧장 모험가 길드로 향했다. 학교와 인접하여 세워져 있어서 가기만 하는 거라면 금방이다. 1층 로비의 광장에서 몇 레인이나 있는 에스컬레이터를 타고 올라가니, 이전에 마랑 장비를 산 방어구 가게가 보이기 시작했다.

그 가게 입구에서는 산적처럼 수염이 덥수룩한 몸집 큰 남자가 안 어울리는 웃음을 짓고 손님을 끌고 있었다. 저렇게 얼굴이 무서우면 손님이 도망치기만 하니 누군가 붙임성 좋은 아르바이트라도 고용하면 좋을 텐데…… 라는 생각이 안 드는 것도 아니지만, 일단 말을 걸어 보자.

"안녕하세요~, 방어구를 주문한 사람인데요."

"으응? 오오, 자네인가. 할아버지! 손님 왔어~!"

"큰 소리 내지 마라! 다 들린다!"

주인이 '할아버지'라고 부르자 가게 안쪽에서 지지 않을 정도로 큰 목소리를 내며 나타난 사람은 누가 봐도 성미가 까다로워 보이는 작업복을 입은 백발의 할아버지. 던전 금속 가공 업계에서는 꽤나 유명한 사람이라고 한다.

"안녕하세요. 다 됐나요?"

"물론. 이쪽이다, 안쪽에 있다."

가게 안쪽에 있는 방으로 안내를 받아서 가니 작업대 위에 수많은 케이블에 연결된 '장갑' 두 켤레가 있었다. 전부 은백색 광택이 눈부시게 나고 있었다. 할아버지는 연결된 케이블을 잽싸게

떼어내고 한쪽을 나에게 건넸다.

"대량의 마석을 소비한 보람이 있어서 잘 가공됐지. 껴봐라."

내가 이 할아버지에게 주문한 것은 순도 100% 미스릴 장갑. 푸르푸르의 퀘스트를 하기 위해 대량의 언데드를 사냥하고 미스릴 합금을 산더미만큼 계속 옮겼다. 원래라면 고순도 미스릴 합금제 무구를 만들 생각이었지만, 예상 이상의 양을 얻어서 이왕 만드는 것이니 순 미스릴 무구를 만들어본 것이다.

미스릴 가공에는 대량의 마력이 필요하지만 몬스터 레벨 16의 마석이라면 썩어날 정도로 있다. 그 마석들을 물처럼 써서 마도구로 마력을 주입해서 가공했다. 참고로 미스릴은 융점이 너무 높기 때문에 녹여서 가공하는 방법은 쓸 수 없다.

"그럼 바로."

손으로 들어보니 확실히 가벼웠다. 마치 플라스틱 장난감을 들고 있는 듯했다. 물에 뜨기까지 할 정도로 가볍다는 건 사실이었던 모양이다.

다음으로 손에 껴봤다. 사이즈 조정을 자유롭게 할 수 있는 구조라서 압박감도 없고 착용감도 좋다.

"좋네요. 이러면 살이 빠져도 계속 쓸 수 있을 것 같아요."

"오랜만에 순 미스릴을 다뤘어. 덕분에 좋았다고."

미스릴 광석 채굴이 가능해지는 건 보통 20층을 넘어서부터다. 하지만 그 층에 갈 수 있는 모험가는 적으며, 있다고 하더라도 대장장이를 고용하고 있는 대규모 클랜 소속 모험가뿐. 보잘것없는 할아버지에게 맡겨 주는 모험가는 줄었다며 한탄했다.

“그래서 도색도 하고 간다고 했던가.”

“이런 반사는 눈에 띄니까 부탁할 수 있을까요.”

“마도구로 도금이라도 해둘까. 다른 한 세트도 해둘 테니까 내일에라도 가지러 와라.”

순 미스릴의 광택은 거울처럼 반사돼서 잘 아는 사람이 보면 금방 알아본다. 이 장갑도 사려면 1000만엔을 가볍게 넘길 정도로 비싸니, 쓸데없는 트러블을 피하기 위해서라도 도장은 해둬야 할 것이다. 표면 처리와 금속의 광택 패턴을 바꿀 수 있는 편리한 마도구가 있다고 하니 부탁하기로 했다. 참고로 다른 한 세트는 동생 것이다.

“근데 미스릴 합금을 이만큼 가져올 줄이야, 얼마 전까지 마랑 방어구를 입고 있던 형씨 같지가 않구만.”

도금 의뢰서를 작성하는 사이에 산적— 같은 가게 주인이 말을 걸어왔다. 남자는 3일 만나지 않으면 어쩌고 라는 말도 있고, 한창 때의 남자는 성장이 빠르다. 이대로 두더지 잡기를 계속해 나가면 나루미 집안 전원이 순 미스릴 방어구를 입을 날도 머지않았다.

“좋은 사냥터를 찾아서요. 또 가져오면 정련이랑 가공을 부탁해도 될까요.”

“그럼. 할아버지도 좋아할 거다.”

게임 지식으로 알고 있는 장인은 실력은 좋지만 성가신 입장에 있거나 성격이 파격적인데, 저 할아버지를 알게 되어서 다행이다. 쓸데없이 캐묻지도 않고.

자 그럼. 시간도 있으니 던전 안에서 실험이라도 할까.

던전 1층, 입구 광장.

30분 정도 줄을 서서 겨우 던전에 들어와도 내부의 혼잡함은 여전했다. 빨리 이 인파에서 벗어나기 위해서라도 적당히 걷자.

오늘 하고 싶은 일은 리사가 가르쳐 준 '신 매뉴얼 발동' 실험. 내 방에서도 몇 번인가 시험해 봤지만, 좁은 방에서는 대량의 마력을 쓰거나 몸을 움직이는 실험을 하는 것도 한계가 있다. 그래서 액티브 몬스터가 없고 마음껏 움직일 수 있는 던전 1층까지 왔는데…….

한동안 걸어 다녀 봤지만, 어느 정도 넓은 곳은 어디든 이미 누가 쓰고 있어서 휴일의 공원 같은 상태다. 모험가 학교의 학생도 아닌 일반 모험가는 평소에 이렇게 던전 1층의 빈 공간을 이용해서 훈련하고 있기 때문에 자리 쟁탈전이 벌어지고 있다.

그래도 10분이나 걸으면 빈 곳 하나 정도는 찾는다. 사방으로 30m 정도의 공간에는 아무도 없고 슬라임 몇 마리가 뽀용뽀용 굴러다니고 있을 뿐이었다. 여길 쓰도록 할까.

바로《오라》를 발동했다. 오토로 발동하면 온몸에서 기가 불규칙적으로 방출되어 주위에 흩어지지만, 매뉴얼 발동을 하면 방출에 지향성을 가지게 하는 것도 가능하다. 봐라, 나의 오리지널 스킬을!

"오라 미사일!"

보통 《오라》의 유효 범위는 20m 정도지만 지향성을 가지게 하면 두 배 정도까지 날릴 수 있게 된다. 멀리 있는 슬라임에게 맞히니 허둥지둥 튀어서 도망치는 게 재미있다.

"슬라임 따위는 내 상대가 아니다! 흐아~핫하…… 하아. 진지하게 할까."

다음은 《오라》 방출을 오른팔로만 해봤다. 그러자 농밀한 《오라》가 오른팔에만 모여 마치 파란 불꽃이 타는 듯한 모양새가 되었다. 이게 가능하게 된 것도 바로 어제의 일이다.

가까이에 있는 암벽에 이 상태 그대로 천천히 손을 대봤다. 그러자 닿은 순간에 쩍 하는 소리를 내며 금이 가고 몇 cm정도 밀어넣을 수 있었다.

"역시 상급직의 스킬. MP 사용량은 크지만 위력은 대단할 것 같아."

이건 상급직 [오라 마스터]가 배우는 《마투술》이라는 스킬이다. 내 스킬 칸에는 들어있지 않으며, 리사에게 배운 《오라》의 흐름을 조작하는 방법으로 발동하고 있다. 귀중한 스킬 칸을 점유하지 않으니 좋을 따름이다.

이 상태로 때리면 무속성 마법이 인챈트된 공격이 되며, 동시에 이 파랗게 덮인 부분은 방어력이 크게 증가해 가드에도 쓸 수 있다. 앞으로 강적과 싸울 일이 있으면 큰 무기가 될 것이다. 약점으로는 MP 소모량이 크다는 점과 몸의 일부에만 씌울 수 있다는 점이 있지만, 용도에 따라 구분하면 된다.

"그럼 다음은 《하이드》라도 써볼까."

방 중앙 부근에 앉아 눈을 감고 아까 전과는 다른 《오라》 조작을 시도해 봤다. 보통 인간이든 몬스터든 《오라》를 쓰지 않을 때도 미약하게 기가 새어 나오는 법이지만 《하이드》는 그걸 완전히 닫아 기척을 지우는 효과가 있다. 몬스터로부터 숨을 때 유용한 스킬이다.

"무가 된다…… 무가 된다…… 으음……. 근데 이거 스스로는 잘 되고 있는지 모르겠네."

완전히 닫혀 있을 텐데 혼자서는 스킬이 성공했는지 판별할 수 없다. 어떻게 할지 생각하고 있으니 저편에서 프로텍터 장비를 한 남녀 10명 정도가 다가왔다. 가슴에는 모험가 학교의 학생임을 나타내는 배지가 달려있었다. 어느 반일까.

"여길 쓸까. 메이."

"알겠습니다, 타카무라 님. 다들, 여기에 진을 친다."

집단의 중심에 있는 빨간 머리에 키가 큰 시원시원한 미남은 C반의 리더 타카무라 마사카도인가. '십나찰'이라는 클랜을 만든 리더의 적자다. 참고로 십나찰은 귀족과의 싸움도 불사하는 무투파 공략 클랜으로 유명하며 게임 스토리에서도 자주 등장한다.

타카무라 옆에 있는 사람은 사족일까. 짧은 머리에 이마가 매력 포인트인 귀여운 여자 아이가 목소리를 높여 지시를 내렸다. C반은 여길 연습 거점으로 삼는 모양이다.

근데 곤란하네.

(혹시 《하이드》하고 있는 날 알아차리지 못했나?)

예상 이상으로 은밀 효과가 높아 놀라는 한편, 여기서 스킬을 풀어도 될지 고민하고 있으니 또 하나의 집단이 다가왔다. 눈에 띄는 남자가 선두를 걷고 있어서 어느 집단인지 다 알 수 있었다.

모험가 학교의 교복 위에 고위 귀족임을 나타내는 금색 배지와 모험가 학교의 배지, 훈장 등을 되는대로 달고 걷고 있었다. 게다가 허리에 닿을 정도로 길고 똑바로 뻗은 머리칼과 중성적인 얼굴. 그런데도 표정은 사악하게 일그러져 있었다.

"어라아? 누구인가 했는데 '전' 수석님 아닌가요."

"……스오우."

C반 리더 타카무라와 B반 리더 스오우가 서로 노려본다——.

——그렇다. 내 눈앞에서.

(누가 좀 도와줘어~!)

던전 1층 어느 곳에서 스오우와 타카무라가 마주봤다.

"어라아? 누구인가 했는데 '전' 수석님 아닌가요."

"……스오우."

스오우가 같은 B반의 동료와 함께 거침없이 방의 한가운데까지 들어와 비웃는 듯한 표정으로 도발했다.

타카무라는 모험가 중학교 입학시험에서도 최고의 성적을 거두었고, 거물 클랜 리더의 적자인 것도 있어서 요란하게 중학교에 입학한 '전' 수석이다. 입학 당시에는 뉴스도 크게 났다고 하지만, 지금은 C반까지 떨어져 버렸다. 그것도 스오우의 모략에 넘어가 계속 패배했기 때문이다.

그리고 C반에는 타카무라와 함께 밀려난 학생도 많은지 스오우 일행에게 원한이 담긴 험악한 시선을 보내기 시작했다.

그걸 예상하고 있던 스오우의 측근들도 앞으로 나와 정면으로 C반과 서로 노려봤다. 다만 이들은 옅은 웃음을 띠고 있었다.

"이렇게 좋은 곳은 너희들 따위에겐 아깝다. 스오우 님과 우리가 쓰도록 하지."

"먼저 쓰고 있던 건 우리다. 무례한 것도 정도가 있지!"

(……내가 먼저 쓰고 있었는데)

B반 학생의 말에 타카무라의 수행원인 마빡이가 격노했다. 이어서 C반 학생도 차례차례 적의를 드러내고 언성을 높였다. 얼어

붙을 듯한 긴장감이 순식간에 일촉즉발의 상태로 변했다.

확실히 갑자기 들어와서 '어딘가로 가라'는 말을 들으면 부아가 치밀 것이다. 하지만 이런 곳에서 서로 노려보며 헛된 시간을 보낼 바에는 빨리 다른 곳으로 가서 연습을 하는 편이 생산적이다. 복수를 한다고 해도 반 대항전에서 결과를 내면 충분하지 않은가.

그리고. 중학교 입학 때는 타카무라 일파의 실력이 더 뛰어났을지도 모르지만, 지금은 스오우 일파가 더 강할 것이다. 스오우도 개인의 전투력으로 치면 차기 학생회장이자 수석인 세라 씨보다 나으면 낫지 못하지 않은 실력을 가지고 있으며 던익에서도 폼으로 보스로 등장하는 것이 아니다. 아무런 대책도 없이 여기서 싸워도 C반에 승산은 없을 것이다.

B반의 여유로운 표정을 보면 실력 차이가 난다는 걸 알고 도발하고 있다는 걸 알 수 있다. 오히려 이 도발도 스오우의 책략일 가능성마저 있다.

그러한 것들이 잘 보이는지, 타카무라의 리더로서의 기량을 보여줄 상황이라 생각하는데…… 집단 뒤편에서 스오우를 노려보는 채로 움직이지 않았다. 중학교 시절의 인연에 대해서는 게임에서도 거의 설명이 되지 않아 자세히는 모르겠지만, 귀족으로서의 입장과 긍지가 방해해서 쉽게 물러날 수 없는 것일지도 모른다. 생각보다 깊은 사정이 있을 것 같은데—.

(그럼, 난 어떡하면 좋지?)

C반과 B반이 방의 중앙 부근에서 《하이드》를 한 채로 있는 날 거들떠보지도 않고 큰 소리로 욕을 퍼붓고, 각 집단의 리더도 동

료를 말리긴커녕 살기를 드러내는 형편이다. 더더욱 걷잡을 수 없는 상황으로 치닫고 있다. 이대로 가면 난투가 벌어질지도 모른다. 말려들지 않게 빨리 도망치고 싶지만, 움직이면 은밀 효과가 풀려 버린다. 나 곤란하다고.

"……그런데, 저기 있는 쓰레기는 누구죠?"

누구에게도 들키지 않은 줄 알았는데, 스오우가 길가에 떨어져 있는 쓰레기를 보는 듯한 눈으로 날 가리켰다. 처음엔 무슨 말을 하는 건지 이해하지 못해 어리둥절해하던 C반과 B반도 눈앞에 갑자기 모르는 사람이 나타난 것처럼 깜짝 놀랐다.

(들켰었잖아~!)

탐지계 스킬을 쓴 기색은 없었다. 어쩌면 가슴에 잔뜩 달고 있는 장식 중 하나에 탐지 아이템이라도 달아 뒀을지도 모른다. 좋아, 도망치자!

"시, 실례합니닷!"

뒤에서 기다리라느니 뭐라느니 했지만 순순히 기다릴 바보가 있을 리가 없다. 모든 귀찮은 일에서 벗어나듯이 달아나는 토끼와 같이 그 자리에서 달아났다.

■////////////////////////////

"하아 끔찍한 일을 겪었어. 근데 어느 반이든 사이가 안 좋네."

E반과 D반이 대립하고 있듯이 B반은 수석이 이끄는 A반뿐만 아니라 타카무라가 이끄는 C반과도 대립하고 있었다. 상위 반을

공략한다면 그 부분이 파고들 틈이라고 볼 수도 있지만, 난 주인공이 아니니 움직일 생각은 없다.

"아카기나 핑크의 활약을 기대해야겠네……. 어, 저기 있는 건."

새로운 연습 장소를 찾아서 어디로 갈까 생각하고 있으니 잘 아는 얼굴이 다가왔다. 반 친구들이다.

"어라. 같은 종목이었나?"

"뚱땡이는 그 버리는 종목이었잖아."

"어차피 도움도 안 될 거면 우리 짐 정도는 들어 달라고~."

"……잠깐. 그러면 안 되지."

영문도 모르고 짐꾼을 떠맡게 되는 분위기가 만들어질 뻔했는데 카오루가 끼어들어 거절해 줬다. 카오루가 있다는 건 전체 마석량 그룹인 걸까.

사츠키도 분명 이 그룹이었던 것 같은데 지금은 없는 모양이다. 대신 눈에 들어온 사람은 츠키시마. 최근엔 항상 카오루에게 딱 붙어있고 다른 남자가 접근하려고 해도 위협해서 쫓아내 버린다. 한편 카오루는 츠키시마의 구애를 그다지 상대하지 않는 것처럼 보였다.

던익의 히로인은 대체로 공략하기 쉬운 히로인이 많아 '주인공'이 진심으로 공략하면 대개 함락되는데 카오루는 다른 걸까. 진위는 모르겠지만 그 모습을 보는 건 뚱땡이 마음에 좋지 않으니 외면하기로 했다.

"산죠. 남쪽에 빈 곳이 있는 것 같아. 안내할게."

"아, 네. 그러니까……"

“산죠, 짐 무거워 보이니까 내가 들게?”

또 한 명의 히로인 겸 주인공인 핑크도 인기가 상당히 많은지, 최근엔 애정 공세를 펼치는 남자가 몇 명이나 보인다. 저 포근한 귀여움에 더해 작은 동물처럼 보호본능을 불러일으키는 분위기가 순진한 남자들의 마음에 꽂힐 것이다.

역시 카오루와 핑크 두 사람은 던익 히로인인 만큼 미남 미녀가 많은 이 학교에서도 한층 더 눈을 끈다. 반의 남자들이 내버려둘 리가 없다는 걸 처음부터 다 알고 있었지만, 그런 반면 여자들이 미워하는 마음도 순조롭게 커지고 있는 것 같다.

“야! 추파만 던지지 말고 리더라면 똑바로 지시 내려!”

“레벨이 높은 것도 유우마랑 나오토 덕인데~.”

이런 느낌이다. 안 그래도 두 미남과 고정 파티를 맺고 있는데 주변의 눈에 띄는 남학생도 독식하는 상태가 되면 여자에게 질투를 사는 것도 당연한 일이다.

게임에서의 핑크도 초반에는 질투 이벤트에 고통 받았다. 그녀들의 증오를 잘 처리하지 않으면 반 친구들의 협력을 얻지 못해 중반 이후의 스토리에 지장이 생긴다. 내가 할 수 있는 것은…… 뭐, 몰래 응원하는 것 정도밖에 없다.

그런 괴로운 문제를 안고 있는 카오루와 전체 마석량 그룹은 연계와 작전을 확인하기 위해 적당히 넓은 연습 장소를 찾아 걸어다니고 있었다고 한다. 아까 전에 만난 B반과 C반과 같다. 그렇다면 그녀들의 건투를 빌면서 방해되지 않도록 살짝 떠나——.

“잠깐. 어디 가는 거야.”

그렇게 말하면서 카오루가 목덜미를 잡았다. 무슨 일일까.

"어디 가냐니…… 수행을 하러."

"무슨 수행이야. 도달 심도가 끝나면 우리 그룹에 합류해 줬으면 하는데. 시간 있으면 같이 와줘."

"야 야. 뚱땡이 같은 녀석은 있으나 없으나 똑같잖아."

할 일이 있다고 해도 들으려 하지 않는 카오루와 자신을 더 의지하라며 가슴을 펴면서 어필하는 츠키시마. 어째 번거로워지기 시작했다. 카오루를 꼬시는 사람이 있는 곳에는 그다지 있고 싶지 않지만…… 뭐, 상관없나.

실험 같은 건 언제든지 할 수 있고, 가끔은 반 친구들이나 카오루와 함께 행동하면서 친목을 다지는 것도 나쁘지 않다. 기대를 받는 것도 아니고 역할이 있는 것도 아니니 마음 편하게 가면 된다.

반 친구들에게 지시를 내리며 유도하는 소꿉친구의 뒷모습에 든든함을 느끼면서 등을 구부리고 터벅터벅 따라갔다.

E반 일행은 연습 장소를 찾아서 대열을 지어 던전 1층을 걸었다. 핑크가 선두를 걸었고, 그 양옆에는 그녀의 짐을 빼앗듯이 든 남자들. 반 친구들이 한가운데를 걸었고, 대열 끝을 카오루와 츠키시마, 그리고 내가 따라갔다.

"내가 커다란 마석을 잔뜩 가져오면 되는데 말이야. 눈에 띄면 이래저래 움직일 수 없게 되니까 지금은 어렵단 말이지."

"……그래. 그럼 이후를 기대할게."

앞을 걷는 츠키시마가 언제든지 고레벨 마석을 가져올 수 있다며 투덜거리듯이 말하자 카오루는 마치 아무것도 기대하지 않는 듯이 사무적으로 대답했다. 하지만 정말로 사실을 말하고 있는 것일지도 모른다.

츠키시마의 동향은 리사가 조사하고 있지만 꼬리는 잡지 못했다. 알고 있는 것은 평소엔 친한 친구들과 밖에서 놀기만 하고 던전에는 거의 가지 않는다는 것. 그럼에도 불구하고 레벨업은 순조로운 것 같다.

그 보고를 처음 들었을 때는 이해가 안 돼서 당황했지만, 지금은 대강 짐작이 된다. 아마 '무언가'를 소환해서 단독으로 사냥을 시키고 있을 것이다. 그 방법이라면 던전 밖에 있어도 레벨을 올리는 건 가능하다.

물론 문제는 산더미처럼 있다. 고레벨 플레이어가 쓰는 소환

수, 엘리멘탈은 매뉴얼 발동으로 불러내기만 해도 방대한 MP를 써서 소환이 성공했다고 하더라도 레벨이 낮으면 유지하는 것조차 불가능하다. 또한 게임에서 소환한 소환물은 기본적으로 세세하게 명령하지 않으면 움직이지 않는다는 성질이 있다.

이러한 제약을 극복했다고 하더라도 감시도 하지 않고 강력한 소환수를 마음대로 날뛰게 하면 일반 모험가로부터 보고가 한 번쯤은 될 것이다. 하지만 그런 정보는 어디에도 돌지 않았다.

던익의 상식으로 생각하면 보통은 무리라고 결론을 내리고 싶지만, 게임이 현실화되어 문제점을 해결할 수 있는 수단이나 꼼수를 발견했을 가능성도 있다. 현재로서는 후보가 될 소환 마법 몇 개가 떠올랐는데, 그 부분은 리사와 의견을 조율해두고 싶다.

멍하니 그런 생각을 하며 걷고 있는데 앞쪽에서 적당히 넓은 장소를 찾았다는 소리가 터져 나왔다.

"산죠, 이 정도로 넓으면 충분하지 않아?"

"그렇네요. 그럼 여길 연습장으로 삼을까요."

10명 정도가 자유롭게 뛰어다녀도 여유가 있을 정도로 넓은 공간. 입구에서 그렇게 멀지 않은데 이렇게 좋은 장소를 찾은 건 행운이다. 바로 각자 적당한 곳에 짐을 두고 준비했다.

(근데 난 아무것도 안 가져왔는데. 뭘 하면 좋을까.)

잠시 어떻게 하는지 보고 있으니 카오루와 핑크를 필두로 두 개의 그룹으로 나눠지기 시작했다. 전체 마석량 종목은 참가 인원이 가장 많아 다 같이 움직이며 싸우는 건 효율이 안 좋다고 판단했을 것이다. 난 카오루의 그룹에라도 들어갈까.

그래서 지금은 누가 어떤 역할을 할 것인지 의논하고 있는 것 같다. 가장 힘든 역할은 적의 공격을 도맡아서 받아내는 방패 역할, 다시 말해서 '탱커'라 불리는 역할. 위험하고 부담도 커서 아무도 하려고 하지 않는 건 당연하다고 할 수 있다.

"그치만~ 레벨이 높은 산죠랑 하야세가 탱커를 해야 하는 거 아냐?"

"그 쓸데없이 높은 레벨이 도움이 되는 순간이네~."

예상대로 여자들이 두 사람을 희생양으로 삼았다. 그래도 [뉴비]와 기본 직업밖에 없는 집단이라면 가장 레벨이 높은 사람이 탱커를 맡는 게 안정된다는 건 분명하다.

"알았어. 그 대신, 나랑 사쿠라코의 지시는 따라주면 좋겠어."

카오루와 핑크가 서로의 얼굴을 보며 고개를 끄덕이며 자진해서 탱커를 떠맡았다. 지금은 힘든 역할을 맡아서라도 결속력을 높이고 싶다는 의도가 있을 것이다. 여자들도 두 사람이 싫다고 쓸데없이 반항적인 태도를 취하면 스스로의 목을 조를 뿐이다. 하나가 되어 도전하지 않으면 상위 반을 상대로 선전하는 것도 어려우니 무리하게 반항은 하지 않는 모양이다.

(그래도 뭐, 사츠키나 츠키시마가 얼만큼 해주는지에 달렸나.)

결과적으로 이기지는 못하더라도 선전을 펼칠 수 있으면 E반의 답답한 분위기가 개선될 것이 분명하다. 그건 사츠키가 바라 마지않는 일이다. 그리고 게임에선 반 대항전에서 좋은 결과를 내면 히로인들의 호감도를 올릴 수 있다는 보너스가 있었다. 그런 목적으로 카오루를 꼬시고 싶은 츠키시마가 몰래 활약하는 것도 충분히 생각할 수 있다.

한편 상위 반에 가는 것에 관심 같은 것도 없고 진심으로 공략하고 싶은 히로인이 있는 것도 아닌 난 마음대로 행동하자.

"그럼 진형과 연계 확인을……."

"떨거지들아, 비켜라!"

"여긴 우리 D반이 쓰도록 하겠다!"

핑크가 연습에 대해 설명하기 위해 목소리를 내려고 하자 D반 녀석들이 줄줄이 넓은 공간에 왔다. 아까 전에도 이런 느낌의 장면을 봤다고. 혹시 이 학교에는 하위 반에 싸움을 걸 때는 이런 식으로 하라는 관례라도 있는 걸까.

앞장서서 큰소리치는 녀석은…… 마나카가 아닌가. 저 녀석과 소렐에 있는 형은 내 징벌 리스트 최상위에 있고, 언제 벌을 줄지 호시탐탐 기회를 노리고 있다.

"E반이 이렇게 좋은 곳을 쓰다니, 조금은 사양하라고, 알겠어?"

"오히려 누구에게 이길 생각으로 연습을 하는 건지 궁금한데."

"혹시 열등반 주제에 우리한테 이기려는 거냐?"

들어오자마자 마음대로 매도하는 D반 사람들. 아까 전에 C반과 B반이 언쟁하던 것과 똑같은 상황이다. 다른 점을 들자면 E반 모두가 불평하지 않고 입 다물고 고개를 숙이고 있다는 것이다. 지난번에 투기장에서 일어난 일 때문에 실력 차이를 깨달았기 때문일 것이다.

츠키시마도 눈앞에서 도발 당하고 있는데도 불구하고 아무 말도 하지 않았다. 분명 생각이 얕을 줄 알았는데, 사실은 냉정한 사람이었던 걸까.

하지만 아무런 불평을 하지 않으니 D반 녀석들은 좋다고 기세를 타서 도발을 거듭했다.

"원한다면 우리 D반과 승부라도 낼 거냐? 그렇지…… 우리 제3검술부에 잡일 담당이 있었으면 했거든. 거기 있는 파란 머리랑 핑크 머리 여자. 너희는 지면 우리 잡일이라도 해주실까."

"무슨, 그런 불합리한 요구를 받아들일 것 같냐."

"산죠, 내 뒤로!"

마나카가 천박한 표정으로 카오루와 핑크의 팔을 잡아끌려고 했다. 이건 아무래도 참을 수 없었는지 추종하는 남자들이 반발해서 끼어들었다. 그 덕분에 핑크는 재난을 면했지만, 아무도 지켜주지 않은 카오루는 팔을 잡혀 버렸다.

(……그러고 보니 카오루의 개별 시나리오에도 이런 장면이 있었지.)

이런저런 방법으로 여러 가지 명목을 만들어 카오루를 써먹기 좋은 여자로 삼으려는 마나카를 보고 뚱땡이가 격노해서 멋대로 승부를 받아들이는 이벤트가 있었다는 게 기억났다.

참고로 이 승부에서 지면 카오루는 함부로 다뤄지고 공략이 불가능해져 배드 엔딩으로 일직선. 이기면 '플레이어'는 카오루의 호감도 상승 등 좋은 보너스를 얻을 수 있지만, 멋대로 승부를 받아들인 뚱땡이는 반에서 요주의 인물로 지정되어 미움 받는 존재가 된다.

즉, 이 승부는 이기든 지든 나(뚱땡이)에겐 손해밖에 없다.

츠키시마가 이쪽을 보며 히죽거리고 있다. 게임의 뚱땡이랑 똑같이 행동할 것이라고 생각하고 있는 걸까. 카오루를 꼬시고 싶다면 오히려 이럴 때야말로 앞에 서서 지켜 줘야 하지 않을까. 이거 봐라. 마나카에게 팔을 잡혀서 조금 떨고 있잖아. 어쩌면 투기장에서 일어난 일이 트라우마가 됐을지도 모른다. 소중한 동료가 엉망진창으로 당했으니 무리도 아니다.

(알고 있어. 진정하라고.)

내 안의 뚱땡이가 '카오루를 구해!'라며 허둥대기 시작해서 한 호흡 쉬고 진정시켰다. 눈앞에서 여자 아이가 곤란해하고 있는데 가만히 있으면 사나이 체면이 말이 아니지. 다소 안 좋은 미래가 기다리고 있다고 하더라도 나라면 어떻게든 된다.

좋았어, 해주겠어!

"아아~ 저기. 이 애도 난처해하고 있으니까……."

"돼지가 나대지 마라!"

한 발 앞으로 나와 부드럽게 제지하려고 하자 마나카는 주저 없이 볼을 노리고 주먹을 내질렀다. 지금의 내가 이 정도의 펀치를 피하는 건 간단한 일이지만, 피하면 의심을 사고 만다. 어차피 대미지가 크지도 않을 것 같으니 맞아두자."

"푸헥."

"소타!"

VIT가 크게 상승한 덕분에 아무렇지도 않지만, 기세에 휩쓸려 몇 m 정도 날려져 버렸다. 그렇다고 해도 내 레벨이 데이터베이

스대로 3이었다면 상당한 대미지가 들어갔을 펀치였다고. 전혀 자비가 느껴지지 않았다.

지금까지는 E반 상대로는 《오라》로 위압하기만 했는데 마침내 폭력까지 쓰기 시작했나. 이건 반 대항전의 결과에 따라서는 교실에서도 큰일이 날 것 같다.

어떻게 할지 생각하면서 모래 먼지를 털고 일어나려고 하자 놀랍게도 카오루가 마나카의 손을 뿌리치고 달려와 줬다. 싫어하는 사람에게도 이렇게 손을 내밀어 주다니, 역시 천성은 착한 아이일 것이다.

"이 정도는 괜찮아. 그보다……."

"그, 그렇네. 다들 가자. 이런 승부는 받아들일 필요 없어."

"기다려라, 겁쟁이들아! 아직 얘기는 안 끝났다고!"

카오루가 이동을 재촉하자 마나카가 《오라》를 방출하며 막아섰다. 이러는 걸 보면 단순히 시비를 걸고 싶기만 한 게 아니라 승부를 내는 상황으로 끌고 가라는 지시라도 받았을지도 모른다. 그렇게 속이 빤히 보이는 윽박에도 E반의 모두는 위압당해 경직된 듯이 뒷걸음질 쳤고 움직이지 못하게 되었다. 날 때려 폭력을 휘두르는 모습을 보여 준 건 효과적이었던 것 같다.

그런 가운데, 혼자서만 느긋하게 어딘가로 가려고 하는 반 친구가 있었다. 츠키시마다.

"야! 어딜 마음대로 도망치려는 거냐."

다시 《오라》로 위압해도 걸음이 멈추지 않아 화가 치밀어 오른 D반 남학생이 어깨를 붙잡으려 했다. 츠키시마는 붙잡으려고 하는 손을 슥 피하고, 그 대신 얼굴을 잡고 그대로 들어올렸다.

"끄아아아아아."

"어이어이, 착각하지 마라. 봐주는 건 나라고."

상당한 힘으로 조르고 있는지 고통스러워하는 소리를 내며 날뛰는 D반 학생. 수준이 낮다고 생각해서 얕보던 E반에게 도리어 폭력으로 당할 줄은 생각지도 못했을 것이다. D반 전원이 놀란 나머지 말을 잃었다.

너무 요란하게 싸움을 걸면 뒤에 있는 B반까지 튀어나올 위험도 있다. 그렇게 되면 무슨 일이 일어날지 예측할 수 없게 된다.

B반은 현시점에는 A반에 뒤지는 위치에 있지만 실력 차이는 거의 없다고 봐도 된다. 특히 B반을 통합하고 있는 스오우의 실력은 진짜다. 다수의 강력한 스킬을 가지고 있으며 전투 센스도 어지간한 학생과는 확실하게 구분된다. 지금의 나라도 게임 지식 치트를 풀가동하지 않으면 승산은 없을 것이다. 당연히 플레이어인 츠키시마도 그걸 알고 있을 것이다.

게다가. 설령 츠키시마에게 B반이나 스오우와 싸울 수 있는 실력이 있다고 하더라도 아카기나 카오루 일행이 거의 성장하지 않은 현재로서는 E반 전원을 지키는 것은 불가능하다. B반에는 카리야 이상의 강자가 널려 있는데 그 중 한 명이라도 츠키시마가 없을 때 쳐들어오면 감당할 수 없게 된다. 아니면 뭔가 계책이 있는 걸까──. 이거 봐라, 왔다.

"야, 너희들! 뭐하는 거냐!"

우연히 지나쳤다는 B반 학생이 험악한 얼굴로 끼어들었다. 그

말은 아마 핑계고 D반에 내린 지시가 실행되고 있는지 가까이에서 감시라도 하고 있었을 것이다.

곧바로 《오라》를 날려 위압했지만 츠키시마에겐 그것도 통하지 않는 듯했다.

(저 B반 학생은 레벨 12에서 15 정도인가. 츠키시마도 그 정도로 레벨을 올린 걸까, 아니면 버티고 있는 걸까)

츠키시마는 흥미를 잃은 듯이 붙잡고 있던 남학생부터 놓아 주고 아무 일도 없었다는 것처럼 떠나갔다. D반의 학생도 무슨 일이 일어나고 있는지 몰라 아연실색했다. 지금이 도망칠 기회다.

"카오루, 츠키시마를 따라가자."

"……아. 그렇네. 다들 가자!"

바로 짐을 들고 허둥지둥 달아나는 반 친구들. 그럼 나도 도망치자. 마나카는 노발대발하며 부들부들 떨었다.

"E반 주제에 얕보고 자빠졌어…… 쳐죽여 주마!"

욱한 마나카가 쫓아오려고 했지만 바로 B반 학생에게 제지당했다. D반이 멋대로 폭주해서 상해 사건이 터지면 E반을 몰아넣기 위한 계획이 틀어져 지장이 생기기 때문일 것이다.

쫓아오면 한 방 정도는 때려 줄까 했는데 아쉽다.

"반 대항전을 기대해라 열등반 놈들아! 지옥을 보여 주마!"

욕을 퍼붓듯이 마나카가 말했다. 저 녀석이 항상 자랑하는 소렐도 조력자로 출장할지도 모른다. 츠키시마는 괜찮겠지만 카오루와 모두는 걱정된다. 무슨 짓을 할 때를 대비해서 방어책 하나 정도는 강구해 둘까.

제10장 ✦ 대조적인 두 사람

"그럼 반 대항전의 개요를 설명하겠다."

교단에서 엄한 시선으로 바라보면서도 조용한 말투로 설명하는 E반의 담임 무라이 선생님. 그걸 듣고 있는 반 친구들은 앞으로 시작될 중요한 싸움을 앞두고 긴장해 있어서 교실 전체가 날카로운 분위기에 휩싸여 있었다.

모험가 학교에 입학한 지 3개월, 모험가 학교의 현실 앞에서 몇 번이나 마음이 꺾일 뻔하면서도 고생하면서 필사적으로 단련해왔다. 반 대항전은 그런 우리가 어디까지 할 수 있는지 시금석이 되는 중요한 시험. 땅을 기어서라도 무언가 성과를 움켜쥐어야만 한다.

"전에도 설명한 대로 너희는 오늘부터 일주일 동안 던전에서 생활한다. 가져갈 수 있는 건 단말기와 의류, 무구 뿐. 식량이나 캠핑용품, 샤워, 세탁소 이용은 지정된 층에서 마석과 교환. 생리용품, 의료품은 무료로 배포한다."

시험기간 안에는 마석을 써서 학교 측이 준비한 서비스를 이용할 수 있다. 그리고 마석을 일본 엔으로 교환하고 있어서 민간 서비스 이용도 가능하다. 즉 마석만 있으면 시험 기간 중에도 호화로운 식사를 하거나 숙박시설에 묵는 것도 가능하다. 상위 반의 귀족님들은 주저 없이 마석을 그런 곳에 소비하겠지만, 우리 E반은 마석량에 전혀 여력이 없어서 사치 따위는 부릴 수 있을 것 같지 않다. 나도 잘 때는 여러 사람과 뒤섞여 잘 예정이다.

"시험 기간 중에 던전에서 나오거나 컨디션 불량이나 부상 등으로 인해 시험 속행이 불가능하다고 판단된 경우에는 즉시 실격된다. 주의해라."

성적은 어디까지나 반 단위로 받으니 개인이 실격돼도 점수 자체는 받을 수 있다. 그렇다고 하더라도 실격자를 몇 명이나 내면 어느 종목이든 불리해지고 만다. 건강 관리에는 신경을 쓰고 싶다.

"그럼 시험용 앱을 다운로드한 자부터 일시 해산한다. 1시간 뒤인 10시에 모험가 광장에 집합. 이상이다."

획득한 마석, 몬스터 토벌 정보, 위치 정보 등은 전부 팔에 찬 단말기의 앱으로 관리되며 다른 반의 정보도 열람할 수 있게 돼 있다. 단, 데이터 갱신은 매일 아침 9시에 한 번만 한다.

반 대항전은 일주일 동안 치르는 장기전이니 그러한 정보에서 학년 전체의 동향을 판단하고 쉬어야 하는지, 무리해서 밀고 나가야 하는지 적절한 작전을 생각해 나가는 것도 중요해진다. 작전의 입안, 지휘는 마지마와 나오토가 하기로 돼있다. 그들의 용기와 지혜에 기대해 보자.

"가자 얘들아! 날 따라와라!"

"여러분 갑시다!"

"오오!" "네!"

스스로를 고무하듯이 마지마가 소리치자 몇몇 반 친구도 큰 목소리로 호응하며 일어섰다. 그들 지정 몬스터 토벌 멤버는 최대한 던전에 틀어박혀 노력한 것을 알고 있다.

이어서 다른 반 친구들도 잇따라서 의욕을 내며 각오를 다진 얼굴로 일어섰다. 지금을 버텨내지 못하면 원하는 미래 같은 건 쟁취할 수 있을 리가 없다. 절망의 구렁텅이에 내몰려도 이를 꽉 깨물고 앞으로 나아가는 수밖에 없다.

나오토는 요즘 기운이 없는 것 같지만 절망의 늪에 빠져 있던 한심한 날 구해 줬을 정도로 굳센 사람이다. 분명 다시 일어설 것이다.

(자, 가자.)

나에겐 유우마가 있고, 사쿠라코가 있고, 나오토라는 믿음직한 동료가 있다. 처음엔 어색했던 전체 마석량 그룹도 지금은 협력적인 태도로 엄격한 연습도 열심히 버텨내주고 있다. 어떤 일이 닥쳐도 좌절할까 보냐.

그렇게 의욕을 내며 나도 일어나기로— 했지만.

교실 뒤쪽에 소타의 모습이 언뜻 눈에 들어왔다. 어째 히죽거리고 있어서 긴장감이 전혀 느껴지지 않는 얼굴. 아침에 데리러 갔을 때부터 이 모양이다. 자칫 잘못하면 목숨을 잃을지도 모르는 위험한 종목을 맡았는데…… 자신의 상황을 이해하고 있는 걸까.

최근에 몇 번인가 연습에 불러 봤지만 던전에서 할 일이 있다면서 전부 거절했다. 나루미 아주머님의 말에 따르면 19시의 저녁 시간에는 반드시 돌아온다고 하니, 그리 깊이 들어가지 않는다는 건 확실하다. 학교를 마치고 저녁 시간까지 그 사이의 시간에 왕복할 수 있는 곳은 기껏해야 2층 입구 부근까지다. 그렇게 얕은 층에서 정말로 훈련하고 있는 건지 의심스럽다.

그래도 식사 제한을 하거나 부하가 높은 트레이닝을 하고 있는 건 틀림없다. 목이나 어깨 쪽에 보면 바로 알 수 있을 정도로 근육이 붙었고, 그렇게나 나와 있던 배도 많이 들어가 지금은 옛날의 모습이 보일 정도까지 감량에 성공했다. 나에 대한 집착도 거짓말처럼 사라져서 입학 당초에 비하면 다른 사람이라 해도 과언이 아니다.

(——그러니, 만약.)

만일 이번 반 대항전에서 좋은 결과를 낸다면. 그때는 내가 보는 눈을 바꿔야 할까. 소타가 이 학교에 입학해서 무슨 생각을 하고 어떻게 바뀌었는가.

(그러고 보니…… 전에 우리 집에서 아버지와 소타가 이야기했을 때 변했는지 어떤지 물어봤었지.)

그때는 소타가 잘 얼버무려서 넘긴 것 같다. 똑같이 물어본다고 해도 지금의 소타는 가르쳐 주지 않을 테니, 역시 접근해서 확인해 봐야 할지도 모른다. 어쩌면 지금이라면 **그것**의 파기에 응해 줄지도 모르니까.

그런 생각을 해서인지 나도 모르게 깊은 한숨을 쉬었다는 것을 깨달았다. 이제부터 중요한 시험이 있는데 쓸데없는 것에 얽매여 있으면 좋은 결과도 기대할 수 없다. 앞을 봐야 한다.

"카오루?"

옆에 있던 사쿠라코가 부드러운 목소리로 걱정해 줬다. 그러고 보니 그녀도 입학식 때 이후로 크게 변한 사람이다. 지금은 몰라 보게 강해지고 믿음직해졌다. 전체 마석량도 그녀의 존재가 중요할 것이다.

"갑시다, 사쿠라코."

"네."

창밖으로 시선을 돌리니 아직 아침 9시인데 해는 높이 떠서 강하고 눈부신 햇볕이 내리쬤다.

반 대항전 직전의 홈룸이 끝나고 반 친구들이 집합장소로 가기 위해 의기양양하게 교실을 뒤로 했다.

마지마와 그 그룹은 연일 마지막 순간까지 던전에 가서 맹렬하게 특훈을 한 성과를 보여 주겠다며 의욕을 불태웠지만, 안타깝게도 반의 데이터베이스를 보면 암운이 드리우고 있다는 말을 안 할 수가 없다.

게임 기준이라면 주인공인 아카기나 핑크의 레벨이 8이나 되면 안전권이었지만, 그들도 마지마도 아직 레벨 6까지밖에 못 올렸다. 그 이유는 마랑에 애먹고 있다는 점도 있겠지만, 뭐니 뭐니 해도 게이트를 사용할 수 없다는 제약이 너무 크다.

그렇다고 해서 상위 반이 봐줄 리도 없고, D반도 저런 상황이라면 뭔가 꾸미고 있을 것이다. 어쩌면 아카기 일행이라도 버겁고 어려운 상황이 생길지도 모른다. 꺾이지 않고 마지막날까지 계속 싸울 수 있을지 걱정되긴 한다―. 그렇다고 해도.

(사츠키도 움직일 테고.)

이번 반 대항전에 관해서는 사전에 어느 정도까지 개입할지 의논해서 정했다. 사츠키와 리사는 레벨 12가 되어 '두더지 잡기'도 시야에 들어오기 시작했다. 진지하게 개입하면 카리야까지 무찌르고 D반을 웃도는 성적을 거두는 것도 가능하다.

하지만 그렇게까지 하면 상급생과 상위 반에 찍혀서 쓸데없는 문제를 초래할지도 모르고, 지금까지 필사적으로 노력해 온 반 친구들도 강자에게 의지하게 되어 마음이 단번에 해이해지고 말 것이다. 한동안은 지금의 분한 마음을 발판으로 삼아 필사적으로 노력하게 해서 E반 전체가 맞서 나갈 수 있는 체제 확립을 노리는 편이 좋다.

즉, 개입은 D반에 이기지 못하더라도 반의 분위기를 약간 개선시킬 수 있는 정도로 억제한다는 것이 우리의 생각이다.

리사도 타치기를 서포트하고 있다. 지정 퀘스트의 내용도 게임과 다르지 않을 테니, 게임 지식 중에서 앞으로 발생할 퀘스트나 특별한 정보를 몰래 가르쳐 주면 큰 어드밴티지가 될 것이다. 어느 정도의 정보를 얼마나 가르쳐 줄 것인가, 그런 부분의 균형은 그녀라면 걱정할 것 없다.

한편 난 참가상만 받고 내 역할을 끝낼 생각이다. 마지막날에라도 카오루가 있는 전체 마석량 종목에 합류하면 될 것이다. 만약 마나카나 소렐이 무슨 짓을 하더라도 일단 보험은 들어 뒀으니, 내가 어떻게 할 필요는 없을 것이다.

그보다.

드디어. 게임을 하던 때부터 최애였던 그 분에게 다가갈 수 있는 기회가 왔다. 지위나 용모에 얽매이지 않고 누구에게나 상냥하고 대등하게 대해주는 그녀라면 나에게도 말을 걸어— 줄지도 모른다. 가슴 속의 뚱땡이 마음도 흥미진진한지 이중으로 두근거림이 멈·추·지·않·아.

"무슨 일이야~. 그렇게 칠칠치 못한 얼굴로."

"좋은 일이라도 있었어?"

이후의 일을 생각하고 있으니 '뭘 히죽거리고 있냐'며 리사와 사츠키가 말을 걸어왔다. 등교할 때도 카오루에게 수상한 사람 취급을 받았으니 조심해야 한다.

"그런 게 있어. 그럼 나도 가볼까."

"서로 힘내자!"

"후훗. 그럼 같이 갈까~."

사츠키가 주먹을 붕붕 휘두르며 의욕을 불태우고 있지만, 이미 E반의 평균 레벨에서 크게 벗어났으니 적당히 자중해 줬으면 한다. 리사는 언제나처럼 시원하게 웃는 얼굴을 보여 줘서 묘하게 믿음직했다.

(자 그럼, 가보자!)

몰래 가슴에 넣어 뒀던 손거울로 헝클어진 머리카락과 옷차림을 체크하고, 후들거리는 다리를 부여잡고 의기양양하게 집합 장소로 향했다.

아침 10시의 모험가 광장 앞은 지금부터 던전에 돌입하는 모험가로 붐볐다. 던전판 통근 러시라고 하면 좋을까.

어딘가의 클랜이 휘황찬란한 장비를 과시하듯이 걸었고, 먹을 것과 마도구를 팔면서 다니는 상인이 소리치고, 짐을 산처럼 실은 소형 운반차가 정체를 일으키듯이 늘어서 있었다. 바라보고 있기만 해도 재밌다.

몇 분 동안 그런 인파 속을 걸으면 반 친구들이 기다리고 있는 집합 장소에 도착한다. 리사와 사츠키는 할 일이 있다고 해서 그 자리에서 헤어지게 되었고, 혼자 한가한 나는 멍~하니 주변을 바라보기만 했다.

이미 모여 있던 반 친구들도 주위를 관찰하면서 소곤소곤 이야기꽃을 피우고 있었다. 화제는 상위 반이다.

C반 이상의 학생과는 교실의 위치가 떨어져 있고 듣는 수업도 다르며, 던전 안에서도 사냥터가 달라 접촉이 거의 없다. 그런 그들은 처음 보는 무구에 흥미가 끊이지 않는 모양이었다.

"(귀족님 같은데, 방어구 한 세트에 얼마나 할까.)"

"(대단하다. 저 귀고리, 분명 매직 아이템이겠지?)"

그녀들의 시선 끝을 쫓아 보니 B반 일행이 모여 있었다. 우마의 가죽으로 만든 로브와 미스릴 합금제 무구를 입은 학생이 눈에 많이 띄니, 평균 레벨은 10에서 15정도라는 걸 알 수 있다. 이 정도 급이라도 가게에서 사면 가볍게 100만 엔 이상은 한다.

그리고 귀족으로 보이는 학생은 손목과 귀에 많은 보석 장식품을 달고 있었다. 저 장식품들은 전부 매직 아이템일 것이다. 부여된 마법에 따라서는 눈이 튀어나올 정도로 가치가 높아진다는 건 말할 필요도 없을 것이다. 저런 걸 달고 다니면 강도는 당하지 않을까 걱정되지만, 항상 많은 수행원에게 둘러싸여 있고, 그 이전에 법마저도 왜곡하는 귀족을 습격하려는 버릇없는 놈은 이곳 일본에 존재하지 않는다.

“(저 나기나타, DUX의 최신 시리즈잖아.)”

“(잡지에서 봤어. 오래 써도 날이 안 무뎌진다는 게 사실일까?)”

무기도 E반처럼 검과 메이스뿐만 아니라 대궁과 나기나타, 완드를 들고 있는 등 다양했다. 그중에는 유행하는 DUX라는 브랜드 무기를 들고 있는 학생도 있었고 일종의 지위가 되는 것 같다.

한편 우리 반의 무기는 대부분이 렌탈 무기로, B반이 가지고 있는 브랜드 무기와 비교하면 큰 차이가 있다. 하지만 그들과 싸우는 건 빨라도 내년도 이후이니 지금은 신경 쓰지 않고 착실하게 레벨업을 열심히 해나가면 된다.

B반 옆에는 D반 일행이 보였다. 전체적으로는 마랑의 가죽으로 만든 방어구를 입은 학생이 많았지만, 카리야를 필두로 중량이 있는 미스릴 합금제 무구도 드문드문 보였다. 다시 말해서 레벨 10을 넘은 학생도 그만큼 있다는 뜻이다.

그런 우위에 있는 사람이 여럿 있는 D반과 우리 E반은 적대 관계이며, 던전 안에서 충돌하면 혼란도 예상된다. 반 친구들에게 위기가 닥쳤을 때는 사츠키와 리사가 재빠르게 비밀리에 대응해 주라고 부탁해 두자.

거기서 조금 떨어진 곳에는 C반이 원형으로 둘러서 있었다. 중심에 있는 건 일본식 갑옷을 입은 C반의 리더 타카무라와 그의 수행원인 귀여운 마빡이.

C반은 B반과는 달리 대부분이 평민 출신. 그런 의미에서 장비차이가 난다는 느낌이 든다. 평민에게도 거리낌 없이 말을 거는 타카무라가 귀족 중에서도 이례적인 존재일지도 모른다.

그렇다고는 해도 그들도 신분과 힘에 중점을 둔 엘리트 사고의 소유주라서 외부생인 E반을 수용하는 건 아니다. 접촉할 때는 신중하게 해야만 할 것이다.

그런 생각을 하고 있으니 갑자기 주위가 술렁이기 시작했다. A반 일행이 온 모양이다.

선두를 걷는 사람은 1학년 수석이자 차기 학생회장, 그리고 나의 최애 히로인인 세라 키쿄우. 제비꽃색의 또렷하고 큰 눈동자를 반짝이며 허리 근처까지 기른 윤기가 흐르는 긴 은발을 살랑이며 느긋하고 우아하게 걸었다. 방어구는 입지 않고 교복을 그대로 입고 있었다. '그것'은 그다지 사람들에게 보여줄 만한 것이 아닐 것이다.

(그건 그렇고, 아름다우셔…….)

단정하고 아름다운 용모로 던익 히로인 중에서도 1, 2위를 다툴 정도로 인기가 있었는데, 현실이 된 그녀의 아름다움은 게임에서 보여 준 아름다움을 아득하게 뛰어넘었다. 그 미모에 남자들은 자연스럽게 시선을 빼앗기고, 여자들도 질투를 뛰어넘어 선망의 눈길을 보냈다. 그뿐만 아니라 주위의 모험가까지 넋을 잃고 보느라 발걸음을 멈출 정도였다.

그 뒤에는 귀족과 사족이 따르고 있었다. 세라 씨의 집안은 역사 깊은 귀족 집안이며 [성녀]와 가까운 입장에 있기 때문에 분가의 귀족과 사족이 아무튼 많았다. 장비 수준은 B반과 그렇게 차이가 안 나지만, 무녀의 옷 같은 것을 입은 학생도 몇 명인가 눈에 띄었다.

그런 세라 씨가 이끄는 A반 일행의 뒤쪽에는 언젠가 나에게 말을 건 텐마가 큰 양손도끼를 들고 저벅저벅 걸었다. 반짝반짝하게 닦인 풀 플레이트 메일이 빛을 난반사해서 엄청나게 눈에 띄었다. 그녀의 집안은 귀족이 된 지 얼마 되지 않아 부하 사족은 없지만, 그 대신 '블랙 버틀러'라는 온통 까만 옷을 입은 집사들이 던전 안에서 대기하고 있을 것이다.

그렇게 모든 반이 모험가 광장에 모였다. 대강 보면 차기 학생회장이 이끄는 A반이 약간 유리한가. 그녀의 지원 능력은 물론이고 장비를 잘 갖춘 귀족과 사족의 수도 많다. 그리고 차석인 텐마의 전투력이 엄청 높은 것도 강점이다.

B반도 스오우의 활약에 따라서는 기회가 있을지도 모르지만, C반에도 싸움을 걸거나 해서 쓸데없이 적이 많은 게 난점이다. A반은 다른 반을 상대하면서 물리칠 수 있을 정도로 쉬운 상대가 아니다. 그런 의미에서 어부지리를 잘 노리면 C반에게도 기회가 있는 느낌인가.

뭐, 상위 반의 동향 같은 건 내가 신경 쓸 일도 아니지만 나도 모르게 플레이어의 시선으로 보게 되는군. 어이쿠, 선생님들이 움직이기 시작했다.

『지금부터 반 대항전을 시작한다. 「도달 심도」의 참가자는 앞으로.』

확성기를 든 우락부락한 남자가 이쪽을 향해 소리쳤다. 저 사람은 교장 대리였던가. 그러고 보니 교장은 게임을 할 때도 포함해서 한 번도 본 적이 없는데 어떤 사람일까.

어쨌든 내 참가 종목을 불렀으니 가볼까.

"뚱땡이! 죽어도 참가상은 따와라!"

"남들 따라가면 괜찮아, 걱정하지 말라고~. 뒤돌아보지 마~."

"우리하고 합류할 생각 같은 건 안 해도 괜찮아, 그보다 방해되기도 하고."

"소타~ 힘내~!"

반 친구들의 기대와 성원을 받고 가슴을 펴고 천천히 앞으로 걸어 나갔다.

(상위 반은 누가 나올까?)

도달 심도는 점수 배분이 가장 커서 어느 반이든 최정예를 보낼 것으로 예상되는 종목. E반은 이 종목을 버려서 나 혼자 뿐이지만.

D반에서는 마나카와 자주 같이 다니는 측근 세 명이 앞으로 나왔다. 분명 마나카나 카리야가 올 줄 알았는데 아닌가.

"칫, E반은 돼지뿐이냐. 김빠지네~."

"저 녀석들 중 누가 오든 이길 수 없으니까. 어쩔 수 없지."

"너, 던전에 들어가면 우리 짐꾼이나 해라."

눈을 마주치자마자 싸움을 걸어올 줄이야. 싸워 버릴까~ 어떡할까~ 이런 생각을 하며 머릿속으로 때려눕히는 시뮬레이션을 돌리고 있으니 주위에서 환호성 같은 소리가 터져나왔다.

"스오우 씨, 힘내세요!"

"꺄아~! 세라 니임!" "세라 님, 조심하세요!"

"메이 파이팅~!"

상위 반은 당연하게도 정예를 보낸 것 같다. 반의 리더인 세라 씨와 스오우, C반은 타카무라의 수행원인 마빡이가 각자 몇 명의 수행원을 데리고 앞으로 나왔다. 이 멤버는 대체로 예상대로라서 놀랍지는 않다.

"어라, 세라 씨. 같은 종목일 줄이야, 뜻밖의 우연이네요."

"스오우 님. 안녕하신지요."

반의 리더끼리 가까이 다가가 생글생글 웃으며 인사했다. 하지만 뜻밖의 우연이라는 건 거짓말 같다. 게임에선 세라 씨에게 예사롭지 않은, 그것도 호의에서 나오는 것이 아닌 집착을 가지고 있었고, A반의 딱딱한 표정으로도 스오우를 환영하지 않는다는 것을 알 수 있었다. 도달 심도에 참가한 것도 미리 정보를 입수했기 때문일 것이다.

중학교 때 수석이었던 타카무라를 일찌감치 밀어 내고 새로운 수석으로 군림할 예정이었던 스오우 코우키. 그때 재능, 인망, 혈통 모든 면을 웃도는 괴물, 세라 키쿄우가 앞을 막아섰다. 당연히 쫓아내려고 덤벼들었지만 몇 번이나 반격당하고, 그 결과가 지금의 반 배정으로 이어졌다. 자존심 덩어리가 옷을 입고 걸어 다니는 것과 같은 남자가 지금 상황을 참을 수 있을 리가 없다.

한편 세라 씨는 그런 적의를 전혀 개의치 않으시는 것 같다. 웃는 얼굴인 채로 인사하고 그대로 지나쳤다. 중학교 시절 스오우와의 투쟁도 쉽지 않았을 텐데 전혀 상대하지 않는 건 어쩌면 녀석의 **미래**를 봤기 때문일지도 모른다.

(일단 스오우의 동향은 유의할까. 그리고——.)

『이거 이거 나루미 군, 우연이네. 나도 참가하는데 잘 부탁해!』

"테, 텐마도 이 종목이구나. 안녕……."

1학년 차석, 텐마 아키라가 전화기 너머에서 말하는 듯한 흐린 목소리로 말을 걸어왔다. 수석인 세라 씨에 더해서 차석인 그녀까지 도달 심도에 참가하면 전력 과잉이라는 느낌이 드는데…… A반은 무슨 생각인 걸까.

『이거 참. 전에 했던 다이어트 이야기, 그때 이후로 안 했지? 근데 이야기를 들으러 갈 기회가 없었단 말이야. 그 와중에 나루미 군이 도달 심도에 참가한다는 이야기를 들어서 말이야.』

"어, 어어."

『가는 도중에는 이야기하면서 가자. 어차피 아무 일도 안 일어날 거니까.』

"차석, 우리한테서 떨어지지 마. 이쪽이다."

빠른 말투로 연거푸 말하며 치근거리는 텐마. 평소에는 그다지 말이 많지 않은 사람이었던 것 같은데 게임과는 다른 걸까. 그래도 협조성이 없는 건 똑같은지 바로 같은 반 친구에게 주의를 받았다.

『어머나 이러면 안 되지. 그럼 나루미 군도 이리 와. 혼자지?』

"엑."

팔을 잡고 이쪽에 오라며 A반의 도달 심도 그룹이 있는 곳으로 끌었다. 정신을 차리고 보니 긴 은발을 바람에 휘날리고 있는 세라 씨가 눈앞에 있어서 가슴이 쿵쾅댔다. 심호흡을 해야 한다.

(스읍, 하아……. 아, 뭔가 좋은 향기가 나네……. 아니지. 진정하자.)

갑작스럽게 일어난 일로 인해 무심코 동요하고 말았다. 냉정해져서 관찰해 보자.

A반의 도달 심도 그룹은 6명. 모두 가슴에 작위를 나타내는 금배지가 달려 있는 걸 보면 귀족만으로 구성되어 있다는 걸 알 수 있다. 게다가 텐마 이외의 배지는 세라 씨의 것과 똑같은 마름모꼴 문장, 다시 말해서 세라 일족으로 구성에 빈틈이 없다. 좀 심하게 안 어울리는 곳에 와버렸네.

각자의 갑옷은 일본식과 서양식으로 디자인이 제각기 다르거나 색도 통일성이 없지만, 귀금속과 보석을 넉넉하게 쓰고 공들여 만들어져 보기만 해도 귀족의 권위를 알 수 있게 하려는 그런 의도가 느껴졌다. 일반 서민인 난 무심코 엎드려 절하고 싶어지는 기분에 사로잡혔다.

그런 귀족들은 눈살을 찌푸리고 세라 씨 주변에 모여 속닥속닥 이야기했다.

“세라 님, 조심하셔요. 스오우는 뭔가 꾸미고 있어요.”

“함께 가는 건 위험합니다.”

“역시 이럴 때는 예정을 변경해서 저희끼리 먼저 가는 편이 좋지 않겠습니까.”

도달 심도는 매년 낮은 층만은 다른 반과 함께 걸어가며 교류한다는 암묵적인 룰이 있다. 올해도 그럴 예정이었지만 스오우는 위험한 녀석이니 무슨 짓을 할지 모른다. 이런 상황에는 안전을 위해 A반끼리만 먼저 가버리자, 는 이야기를 하고 있는 것이다.

세라 씨는 약간 놀랐지만 미소를 잃지 않고 여유로운 표정을 지었다. 아름다우셔라.

"그렇게 매정하게 대할 것 없어요. 좋은 기회이니 즐겁게 반 교류를 하죠. 당신도 그렇게 생각하죠?"

갑자기 이쪽을 돌아보며 말을 걸어오는 세라 씨. 동시에 제비꽃색이었던 눈동자가 빨갛게 빛나기 시작했다. 이건《천안통》이라는 마안이 발동했다는 증거다. 대상의 미래에 일어날 일을 상당한 정확도로 내다볼 수 있다.

새빨갛게 불가사의하게 빛나는 마안으로 내 눈동자 안쪽에 비치는 미래를 꿰뚫어 보듯이 바라봤다. 갑자기 쓰다니, 마음의 준비가 안 돼있는데요.

하지만— 드디어 밝혀진다. 나의 눈부신 미래가! 세상에 이름을 떨치는 대모험가가 되어 있을까. 세상에 이름을 떨치는 대모험가가 되어 활약하고 있는 건가! 아니면 예쁜 아이들에게 둘러싸여 학교생활을 하고 있을까. 어쩌면 세라 씨랑 연인 사이가 되어 있다거나? 모든 것을 받아들일 생각이라고, 자기야.

"음~ 성희롱…… 퇴학…… 장래성은…… 어머나, 아주 유감스러운 편인 것 같네요. 3점 정도일까요."

"헤?"

『아이고~ 걱정 마!』

뭔가 안 좋은 걸 보고 만 것처럼 눈을 내리뜨는 세라 씨. 그대로 나에 대한 흥미를 잃은 것처럼 앞으로 돌아서 버렸다. 아연실

색하고 있으니 텐마가 등을 팍팍 두드리며 해맑은 목소리로 위로
했다. 조금 아프다. 그보다——

　(어떻게 된 거냐고오오오오!!)

드디어 반 대항전이 시작되었다. 맨 처음 던전에 들어가는 건 내가 참가하는 도달 심도 그룹이다. 5개의 종목 중에서는 점수 배분이 가장 높고 출전하는 학생도 각 반의 정예들이다. 뒤로 큰 성원을 받으며 차례차례 돌입했다.

그렇다고는 해도 이곳 1층은 앞에도 뒤에도 모험가투성이라서 몬스터 같은 건 한 마리도 없다. 있다고 해도 슬라임이 뛰어다니고 있을 뿐이라 한동안은 흐름을 따라 나아가기만 한다.

선두에는 세라 씨가 일족에게 둘러싸여 느긋하고 우아하게 걸었다. 어지간히 말을 하고 싶은 건지 여러 사람에게 말을 걸고, 호위하는 귀족이 위압해서 쫓아내기를 반복했다. 자중하라고 보내는 시선은 그녀에겐 전혀 효과가 없는 듯했다.

그 뒤에는 B반 스오우와 그 측근들이 찬란한 방어구를 입고 걷고 있었다. 이쪽도 모두가 귀족인지, 장비에 들인 금액이 상당해서 보석과 귀금속이 눈부셨다. 어쩌면 저것도 A반에 지고 싶지 않다는 오기가 드러난 것일지도 모르지만, 현재로서는 싸움을 걸거나 날뛰거나 할 낌새는 보이지 않으며 지극히 평온했다. 물론 이렇게 혼잡한 메인 스트리트에서 무슨 짓을 할 리도 없나.

뒤따르는 C반은 타카무라의 수행원인 마빡이—이름은 모노노베 메이코라고 한다—가 중심이 되어 움직이고 있다. 동료가 메이라 부르며 친근하게 대하고 분위기는 상당히 좋은 것 같았다.

한편 반 최고의 실력자일 터인 타카무라의 모습은 보이지 않았고, 데이터베이스를 봐도 최고 전력을 보낸 것은 아닌 모양이다. 학년에서 손꼽히는 세라 씨나 스오우와 무리하게 싸우기보다는 다른 종목으로 돌려서 점수를 버는 작전인 걸까. 어떻게 보면 E반과 똑같은 전략이라고도 할 수 있다.

최후방에 있는 건 D반의 4인 그룹. 자주 마나카와 함께 E반을 깔봐서 우리 반에서는 평판이 굉장히 나쁜 녀석들이다. 최근에는 마나카를 치켜세워 환심을 사려는 모습을 자주 보는데 소렐에라도 들어가고 싶은 걸까.

그런 D반이 아까부터 날 힐끗힐끗 봤다. 아마 등에 지고 있는 짐을 떠넘기고 싶겠지만 지금은 시비를 걸 수 없는 이유도 있다.

『그 당질 제한이라는 게 그렇게 효과가 좋아?』

"그러니까. 뭐, 아마도……."

내 옆에는 응응 하며 고개를 끄덕이고 메모하는 텐마가 있기 때문이다.

그녀는 입학식 때 나의 살찐 모습을 기억하고 있었던 모양이며, 어떻게 그렇게 살을 뺄 수 있었는지, 대체 무엇을 했는지 비결을 가르쳐 달라며 하나하나 물어봤다. 그걸 물어보기 위해 일부러 도달 심도 그룹에 끼어들었다고 한다.

『그치만 그렇게 짧은 기간에 그렇게까지 살을 뺄 수 있을까~. 처음 봤을 때는 코어가 약해 보였는데 근육도 엄청 붙었지~. 나, 두 번이나 봐버렸는걸. 분명 뭔가 하고 있는 거지~?』

평소에 어떤 트레이닝을 하고 있는지. 몇 층에서 사냥을 하고 있는지. 전부 불라고 한다.

확실히 최근엔 망자의 연회에서 장시간 망치를 휘두르고 있어서인지 근육이 더 많이 붙기 시작했다. 그리고 리사에게 배운 대디버프 스킬 《플렉시블 오라》 덕분에 이상식욕도 그런대로 억제해서 최근에는 뚱보에서 통통한 남자로 변모한 것 같기도 하고, 아닌 것 같기도 하고. 가늘었던 눈도 살을 뺌으로써 눈매가 또렷해져 살을 빼면 의외로 잘생겼을지도 모른다며 거울을 볼 때마다 놀랄 정도다.

『아, 혹시 비밀 사냥터 같은 게 있는 거 아냐? 있지, 나한테만 살짝 가르쳐 줘~.』

무거워 보이는 풀 플레이트 메일로 요령 좋게 몸을 배배 꼬는 텐마. 물론 비밀 사냥터에 대해서는 말할 수 있을 리가 없으니 어떻게든 얼버무리고 싶지만, 그녀도 다이어트라는 것을 오랫동안 해온 몸. 적당히 하는 이야기에는 넘어가지 않고 납득해 주지도 않는다.

(그럼, 뭐라 말하면 좋을까. 그보다 텐마의 다이어트는 그렇게 쉬운 일이 아닌데)

지금까지 갖가지 다이어트를 시험해 봤지만 효과가 없는 것도 당연한데, 그 원인은 정령의 축복이라는 이름의 '저주' 때문이다. 살을 빼기 위해서는 식사 제한이나 운동 같은 게 아니라 자신이게 깃든 정령이 생각을 바꾸게 만들거나 끄집어내서 쓰러뜨리는 수밖에 없다.

그 이벤트는 주인공인 아카기와 텐마가 친해지면 자연스럽게 발생한다. 난이도는 높은 편이지만 클리어하면 텐마는 무사히 살을 빼고 사랑스러운 소녀로 돌아가 히로인으로서 아카기를 지원하는 강력한 동료가 된다.

어쩌면 나도 발생시키는 건 가능할지도 모르지만 아카기가 성장할 기회를 빼앗게 되고, 무엇보다 텐마가 관여하게 될 메인 스토리 전체가 비틀려 플레이어 최대의 무기인 '미래예측'을 쓸 수 없게 될 가능성마저 있다. 그렇게까지 하면서 그녀를 도와줄 각오는…… 현재로서는 없다.

하지만 눈앞에서는 이렇게 명랑하게 행동하고 있어도 저주 때문에 추하게 살이 찌고 노화까지 돼버린 모습에 매일 울 정도로 괴로워하고 있다는 설정이 있다는 건 알고 있다. 항상 착용하고 있는 풀 플레이트 메일도 그 모습을 숨기기 위한 것이라는 것도. 빨리 구해 주고 싶다는 마음은 당연히 있다. 어떻게 해야 할까.

"여러분, 곧 2층에 도착하니 20분 휴식합시다."

1층의 종착 광장이 보이기 시작했을 때 세라 씨가 휴식하자는 제안을 했다. 던전에 들어오고 이미 1시간 이상 지났으니 화장실 휴식도 필요할 것이다.

『그럼 나도 화장실에 다녀올게. 20분 후에 또 봐~.』

"아, 응."

그 갑옷은 화장실에서 어떻게 입고 벗는지 살짝 의문을 가졌지만, 뒤에는 온통 까만 옷을 입고 있는 사람들이 따르고 있으니 문제는 없을 것이다. 그럼 나도 일단 가둘까.

"어이, 돼지! 좀 보자."

텐마와 헤어지자마자 D반 그룹 중 한 명이 목덜미를 잡아당기고 사람이 없을 것 같은 방향을 엄지로 가리키며 '따라와'라고 했다. 던전에 들어오고 나서부터 계속 나한테 시비를 걸고 싶었는지 뒤에 있는 녀석들도 계속해서 째려봤다. 너희들, 화장실은 안 가도 괜찮냐.

(귀찮은 일은 후딱 끝낼까.)

1층과 달리 2층은 도착하기까지 시간이 걸리기 때문에 훈련장으로 이용하는 모험가는 거의 없으며, 수백 m나 걸으면 사람의 기척은 거의 없어진다. 어디까지 가는 걸까, 그런 생각을 하면서 걷고 있으니 뒤에서 펀치를 날려서 일단 피했다. 순순히 맞아 줄 생각은 없다.

"갑자기 뭡니까."

"너, 왜 짐 안 들었냐!"

"몇 대 맞고 시작하자!'

"이 앞부터는 우리가 부려먹어 줄 테니까 각오하라고?"

너무 부조리해서 난 깜짝 놀랐다. 지금까지는 휘두르지 않았던 폭력도 주저 없이 휘두르게 되었나. 어쩌면 B반에서 뭔가 지령을 내렸을지도 모르지만, 그런 요구를 받아들일 생각은 털끝만큼도 없다. 애초에 이 녀석들은 E반을 괴롭히는 주범격 인물이며 과거에 MPK를 하는 등 내 숙청 대상 리스트 상위에 있는 악당들. 나야말로 몇 대 때렸으면 한다. 그건 그렇고——

(유난히 짜증을 내네.)

땀을 흘리고 눈에 핏발이 서서 흥분 상태인 걸 보면 알 수 있었다. 나한테 시비를 걸고 싶다는 이유만으로 이렇게까지 감정이 격해질까. 약물 사용, 혹은 어떠한 정신 조작의 영향이 의심된다. 대 디버프 스킬 《플렉시블 오라》는 간단한 상태이상이라면 광범위하게 억제할 수 있으니 시험 삼아 써볼까.

다시 때리려고 달려드는 걸 옆으로 피하면서 상대의 가슴에 손을 대고 스킬을 발동. 그러자 마력이 뭔가에 부딪치는 느낌이 있었다. 역시 뭔가 하고 있었군.

"이, 이 자식!"

"포위해 주마!"

하지만 스킬을 쓴 남학생의 안색이 변한 기색은 전혀 없었다. 느낌은 있었을 텐데 이상하다. 어쩌면 지속적인 정신 조작을 당하고 있는 경우를 생각할 수 있겠다. 예를 들면 저주 아이템을 장비하고 있다거나.

넷이서 날 둘러싸고 일제히 공격을 날렸지만, 전부 인식 범위내에, 느리기까지 했다. 데이터베이스에서는 레벨 7 전후였으니 이 정도인가.

눈앞에 있는 남자가 주먹을 쳐들기 직전에 품으로 파고들어 명치에 일격을 날렸다. 대각선 뒤에서 머리카락을 잡으려고 한 오른쪽 남자의 손을 피하고 측두부에 손날. 왼쪽에서 날아오는 발차기는 반걸음 뒤로 물러나서 허공을 가르게 하고, 반격으로 나도 돌려차기. 턱에 스치듯이 맞히니 깔끔하게 쓰러졌다. 이제 한명 남았다.

"너, 너, 대체 뭐……."

대화할 생각 같은 건 없다. 묻지도 따지지도 않고 뒤로 돌아서 슬리퍼 홀드로 목을 조르면 순식간에 기절한 사람이 완성된다. 이만큼 레벨 차이가 나면 4대1로 싸워도 질 수가 없네.

"자 그럼. 뭘 숨기고 있을까."
눈앞에 늘어놓고 주머니와 짐의 내용물을 대강 봤지만 수상한 아이템은 보이지 않았다. 귀찮으니 방어구를 전부 벗기자.
"이건 [미친 쥐의 엄니]인가. 이 단계부터 쓰고 있는 거냐고."
작은 이 같은 것을 염주처럼 줄줄이 엮은 목걸이.《간이감정》으로 보니 '20층 이후의 습지대에서 리젠되는 쥐형 몬스터의 엄니'라고 나오니 틀림없다. 지능과 이성이 떨어지는 대신 힘과 동체 시력을 올리는, 소위 '버서커 상태'가 되는 매직 아이템이다.
게임에선 스오우가 주인공들과 싸우기 위해 부하의 전투력을 향상시킬 목적으로 썼는데, 장시간 사용하면 정신 오염이 시작되는 위험한 아이템이기도 하다. 이런 초반에 벌써 준비하고 있을 줄이야……. 실험 목적으로 들려 줬다고 하더라도 대체 누구와 싸우는 것을 상정하고 있었던 걸까.
이 녀석들이 어떻게 된다고 해도 딱히 상관없다는 마음은 있지만, 주위 사람으로부터 나쁜 사상과 차별적인 생각을 주입당해 이렇게까지 비뚤어졌다고 볼 수도 있다. 더구나 이런 위험한 아이템을 아마 아무것도 모르는 상태로 건네받아 실험 대상이 된 것이다. 불쌍하다고 할 수밖에 없다.
아직 사용한 후로 시간도 그렇게 지나지 않았으니 후유증은 남지 않겠지만, 그대로 복귀하면 성가시니 너흰 여기서 탈락해 줘야겠다.

등에 진 '작은' 가방에서 '거대한' 부스트 해머를 꺼내 빼앗은 무구를 '으쌰' 하는 소리를 내며 내려찍어 파괴했다. 이제 적당히 묶어서 방치하면 될 것이다. 주변을 걸어 다니는 고블린에게 얻어맞을지도 모르지만. 벌로는 딱 좋다.

슬슬 휴식 시간이 끝난다. 세라 씨가 기다리는 집합 장소로 돌아가자.

2층 집합 장소로 돌아가니 텐마가 이쪽이라며 손을 흔들었다.

『어디에 갔었던 걸까. 아, 혹시 비밀 특훈이라도 한 거 아냐?』

서둘러 돌아왔는데 숙녀를 기다리게 해버린 모양이다. 하지만 그런 건 신경 쓰지 않는다며 기분 좋게 맞이해 줬다.

"슬슬 시간이 다 되는데…… D반 분들이 안 보이네요."

"세라 님을 기다리게 하다니. D반 놈들."

"함께 가는 것도 서로의 동의가 있어야 합니다. 오지 않는다면 모인 사람들끼리 가죠."

B반 쪽에서도 D반이 오지 않는다는 이야기를 했다. 하지만 짜증난다는 듯이 얼굴을 찡그리고 있는 걸 보니 걱정하는 건 아닌 것 같다.

"우리 짐을 내버려 두고 놈들은 어딜 간 거지."

"짐은 어떡하지."

"와있는 이들은 용병이 아니라 아버지를 섬기는 사족 뿐. 짐을 들게 하는 것도 마음에 걸린다."

어째 귀족인 자는 짐 따위는 들지 않는 게 그들의 긍지인지, 지금까지는 D반이 짐을 나르게 하고 있었던 모양이다. 그 임무를 멋대로 내던지다니. 나중에 큰 벌을 주겠다며 분개했다. 안 된 일이다.

그 짐꾼이 없어져서 대신 주목을 받은 사람이— 그렇다, 나다.

"거기 서민. 우리의 짐을 맡기겠다. 목숨 걸고 임무를 완수해라."

그렇게 공가 귀족으로 보이는 사람이 딱 버티고 서서 말했다. 가리킨 쪽에는 가방이 다섯 개. 대충 본 느낌으로는 20kg에서 30kg 정도는 될까. 그렇게 부조리한 말을 하는데 옆에서 조용히 듣고 있던 풀 플레이트 메일을 입은 여자가 끼어들어 줬다.

『짐 정도는 알아서 들어~. 그리고 너희 뒤에 조력자들이 있으니까 굳이 나루미 군이 들게 할 필요는 없잖아~?』

"그대의 검은 옷들과 똑같이 취급하지 마라. 저들은 그저 일꾼이 아니라 장래의 가신이다."

『블랙 버틀러도 어엿한 텐마가의 가신이라고~.』

금속제 허리에 손을 대고 발끈해서 말하는 텐마. 뒤를 돌아보니, 조금 떨어진 곳에 이상한 집단이 적잖이 모여 있는 걸 알 수 있었다. 세라 씨의 성녀 기관으로 보이는 무녀 부대에 텐마의 검은 집사 부대. 어딘가의 사족만으로 구성된 중기사 부대 등, 귀족마다 지원부대를 데려왔다. 2층에 있는 모험가와는 장비도 분위기도 전혀 달라서 아무튼 눈에 띄었다.

중기사가 고블린을 사냥하러 온 순진한 남녀 모험가 페어를 째려보니까 무서워하잖아. 학교 시험이니 조금은 자중해 줬으면 한다고.

어쨌든 거절하기라도 하면 트집을 잡힐 것 같으니 짐꾼 정도는 해두는 편이 좋겠지. 이 정도 무게는 지금의 나에겐 전혀 힘들지 않으니.

"괜찮아. 짐 정도는 나르죠."

『나루미 군이 그렇다면 괜찮지만~. 그래도 힘들면 근처에 휙 버려도 괜찮아. 휙 하고.』

거칠게 내던지는 모션을 취하면서 말하는 텐마. 걱정해 주는 건 고맙지만, 그런 짓을 하면 그 자리에서 뒤를 따르는 조력자들과 크게 싸우게 되니 안 하겠습니다.

■////////////////////////////

——4층 입구 광장. '돼지 꼬리정' 앞.

"여러분 몫의 예약은 해뒀으니, 여기서 점심을 먹죠."

몇 번인가 짧은 휴식을 하면서 계속 걸어 점심때를 조금 넘겼을 때 4층에 도착. 세라 씨가 숙박 시설 '돼지 꼬리정'에 있는 레스토랑을 미리 예약해 둔 것 같았고, 거기서 다 같이 점심을 먹자고 권유해 줬다.

던전의 천장과 벽에 파묻히듯이 만들어져 있는 이 숙박 시설은 8층 건물이다. 가장 위에 있는 전망 구역 겸 레스토랑은 상류계급이 이용하는 특별한 장소라서 그런지 들어가기 위해서는 신분증명서가 필요하다. 하지만 우리는 프리패스로 급사의 안내를 받아 들어가게 되었다.

안으로 들어가니 대리석을 쓴 새하얀 내부에 반짝반짝 빛나는 거대한 샹들리에. 중앙에는 식탁보가 깔린 테이블이 있었고, 비싸 보이는 식기가 깔끔하게 나열되어 있었다. 이런 곳에서 밥을 먹으면 나루미가의 일주일분 식비가 단 한 끼에 날아갈 것 같지만, 이번엔 전부 세라 씨가 사준다고 한다.

"자, 앉으세요."

"흠, 그럼 사양 않고 앉도록 하지."

스오우가 적당한 의자에 앉자 주변에 있는 사람들도 차례차례 앉아 편하게 쉬기 시작했다. 세라 씨는 C반의 모노노베에게 흥미가 있는지 계속해서 말을 걸었고, 한편 모노노베는 약간 당황하면서도 웃으며 대답했다. 예쁜 여자애끼리 이야기하고 있으니 그림이 되네. 나도 저쪽으로——.

『그럼 같이 먹을까.』

텐마에게 손을 잡아끌려 맞은편 자리로 끌려갔다. 그런데 그 헬름을 쓰고 어떻게 먹는지 보고 있으니, 턱 아래쪽이 딱 열린다고 해서 거길 통해 먹으니 걱정할 필요가 없다고 한다.

모두가 자리에 앉자 경쾌한 음악이 흐르기 시작했고, 잘 차려입은 급사가 향이 좋은 차를 따라 줬다. 근처의 패밀리 레스토랑만으로도 사치를 부렸다는 기분을 낼 수 있는 서민에겐 오히려 진정되지 않는 공간이다.

『어라, 지정 포인트 도달의 첫 번째 순위가 정해진 것 같네~. 우리 반은…… 1위를 한 것 같아.』

요리가 나오는 동안 단말기로 정보를 수집하고 있던 텐마가 A반의 동향을 전했다. 나도 E반의 게시판을 보니— 5등, 다시 말해서 꼴찌라고 적혀 있었다.

지정 포인트 도달은 목적지가 무작위로 정해지며, 도착 순서를 겨루는 종목이다. 오늘은 아직 첫날이라 목적지도 1층이나 2층으로 설정되어 있으며, 리더도 E반에서는 능력이 뛰어난 아카기. 그래도 최하위 스타트라니 꽤나 어려운 싸움을 하고 있는 것 같다.

그런 한편, A반은 주력이 도달 심도에 치우쳐 있음에도 불구하고 다른 종목에서도 1위를 차지했다. 인재층의 두께가 다른 걸까.

하지만 이 종목은 스타트 지점도 자유라서 운도 크게 작용한다. 또한 목적지도 앞으로 며칠은 얕은 층 한정으로 설정될 것이라 레벨 차이는 드러나기 어려우며 E반에게도 충분히 기회가 있다. 낙심하지 말고 두 번째도 열심히 해줬으면 한다.

『뭐, 인재층이 두터운 정도나 운도 있겠지만, 그 외에도 여러 이유가 있지~.』

그 이유는 기밀이라 말할 수 없다고 하는데, 어느 정도 예상은 된다. 예를 들어 세라 씨는 버프 효과와 버프 효과 시간을 크게 상승시키는 《천사의 축복》이라는 치트 스킬을 가지고 있어서 던전에 들어가기 전에 이동 속도 버프를 A반 전원에게 걸었을 가능성이 있다.

그 외에는 '성녀 기관'의 존재. 이 나라에 한 명밖에 없는 [성녀]를 지킨다는 명목으로 만들어진 국가 기관으로, 거기에 속한 무녀들은 공략 클랜 수준의 서포트 능력을 지닌 스페셜리스트뿐이다. [성녀]의 후계자인 세라 씨의 반을 지원하기 위해 분명 여기저기에 배치되어 있을 것이다.

하지만 마치 아이의 운동회에 부모가 무리를 지어 참가하고 있는 것 같다. 실력을 실험해 볼 얼마 없는 기회이니, 도와준다고 하더라도 적당히 했으면 한다.

『지정 몬스터 토벌은 고블린 20마리나 고블린 치프 한 마리를 잡으라는 지시가 나온 것 같아. 이 정도라면 차이 같은 건 안 생기겠지~.』

지정 몬스터 토벌은 이름대로 지정된 몬스터를 잡아 나가는 종목. E반에서는 마지마가 이끄는 정예가 참가해서 기대를 받고 있다. 첫 지정 몬스터인 고블린은 어느 반이든 여유롭게 격파하고 있다고 한다.

(D반을 이끄는 건…… 큰일이네.)

게시판에 따르면 D반의 지정 몬스터 토벌을 이끄는 사람은 카리야라고 한다. 우연일까, 아니면 이쪽의 작전이 새어 나가 E반의 정예를 때려 부수는 걸 노리는 걸까. 어쨌든 이후로 어려운 싸움을 하게 될 거라는 건 분명하다.

『전체 마석량은 아직 정보가 없네. 우리 반은 10층 정도까지 거의 잡지 않고 가는 것 같아.』

A반의 전체 마석량 그룹은 낮은 층에 있는 몬스터의 마석 따위는 안중에 없고, 10층을 직접 노리는 작전인 것 같다. E반— 카오루 일행은 몸풀기와 점심값으로 쓸 마석 벌이를 겸해서 3층에서 사냥을 하고 있을 무렵인가. 현재로서는 트러블로 보이는 보고는 적혀 있지 않으니 순조로운 모양이다.

반 친구들은 열심히 상위 반과 맹렬히 싸우거나 생활비라는 이름의 마석 수집에 애쓰고 있는데 나만 고급 레스토랑에서 점심을 먹고 있는 이 상황은 배덕감이 느껴져서 아주 좋다. 가게에서 나갈 때는 반 친구들에게 절대로 들키지 않도록 주의해야 한다.

　얼마 지나지 않아 새끼 돼지 정도 크기의 잘 구워진 고깃덩이가 나왔다. 보니까 닭고기 같은데, 닭고기치고는 상당히 크다.
『마무우』의 고기네. 용케 입수했네.』
"마무우? 그 식인 도마뱀의 고기인가."
　분명 21층 이후의 습지대에 리젠되는 거대 식인 도마뱀이 그런 이름을 가지고 있었지. 들어보니 부자들 사이에서 수요가 많으며 100g당 수만 엔부터 거래되고 있다고 한다. 식인 몬스터인데 사람에게 먹히는 건 어떻게 생각해야 할까.
　급사가 그 자리에서 잘라 나눠 줘서 바로 먹어 보니— 확실히 맛있다. 적당히 부드럽고 지방도 고급스럽다. 하지만 역시 닭고기 같은 맛이 난다.
『STR과 스태미나가 상승하는 효과가 있대. 오늘은 10층까지 한 번에 간다고 하니까 나루미 군도 잔뜩 먹어 두는 편이 좋을 거야.』
"아니, 난 8층 쯤에서 기권할 예정인데."
『그럼 다이어트 이야기를 해준 답례로 내가 거기까지 데려가 줄까?』
　눈앞에서 빨아들이듯이 도마뱀 스테이크를 먹고, 세 번째 리필까지 부탁하는 텐마는 기분이 좋아 보였다. 그렇게 먹으면 어떤 다이어트를 해도 효과가 없지 않을까.
"그런데 텐마네는 몇 층까지 갈 생각이야?"
『15층 정도까지 갈 예정이지만 다른 반이 어디까지 가느냐에

따라 다르지~. 어쩌면 20층 정도까지 갈지도 몰라. B반도 수행원을 잔뜩 데려온 것 같으니까.』

보아하니 A반의 도달 심도 그룹의 평균 레벨은 15에서 18정도. 그걸 토대로 생각하면 20층까지 가는 건 위험이 따를 것 같지만, 우수한 조력자가 뒤를 따르고 있으니 못 갈 것도 없다고 한다.

하지만 거기까지 간다면, 8층으로는 참가상을 받을 수 없게 된다. 혼자 10층까지 간다고 하는 것도 튀는 행동이니, 그렇다면 텐마에게 데려가 달라고 하는 편이 좋을지도 모른다.

『그럼 정해졌네. 디저트는 뭘로 할까~.』

텐마는 아직 덜 먹었는지 커다란 메뉴표를 보며 식후의 디저트 고르기에 열중했다.

뒤에 있는 커다란 창문으로는 입구 광장을 한눈에 볼 수 있었고, 같은 학년의 학생으로 보이는 집단도 어느 정도 보였다. 그 학생들 모두가 이후의 일주일을 생각해서 검약한 생활을 하고 있는데, 이 공간은 다른 세상 같다.

그렇게 창문을 통해 멍~하니 광장을 내려다보고 있으니, 마치 스파이가 적 아지트에 침입하는 듯이 능숙하게 움직이는 여자아이가 보인 것 같았다.

돼지 꼬리정에서 호화로운 점심 식사를 마친 도달 심도 일행은 바로 다음 층을 향해 출발하게 되었다.

밤에는 10층에 있는 숙박 시설에 묵을 예정이며, 이미 예약까지 했다고 한다. 4층부터 평범하게 걸어서 가면 오늘 안에 도착하지 못하니 모험가가 적어지는 7층부터는 뛰어서 이동한다.

『나루미 군, 자 이거, 하나 먹을래? 아~.』

"아직 배가 안 고프니 괜찮습다……."

『그래?』

약간 어둑어둑한 숲 지역을 달리면서 요령 좋게 타코야키를 먹고 있는 텐마. 다른 사람들은 우리를 두고 먼저 이동해 버려서 지금은 그녀와 단둘—인 건 절대로 아니다. 앞도 뒤도 좌우도 검은 옷을 입은 집사들에게 둘러싸여 달렸다.

(딱히 건드릴 생각은 없으니까 그렇게 노골적으로 살기를 드러내지 말았으면 하는데.)

텐마 상회가 보유한 'DUX브랜드'의 최신 무구를 살짝살짝 보이며 '우리 아가씨의 손가락 하나라도 건드리면 죽인다'는 태도로 사방에서 째려봤다. 아까 전에 텐마가 '아~' 했을 때는 살기 때문에 공간이 일그러진 줄 알았을 정도다.

지금까지는 눈에 띄지 않게 떨어져서 따라왔는데, 단둘이 되자마자 이 모양이다. 뭐, 주위의 오크와 박쥐를 베어 주는 건 고맙지만.

『그건 그렇고 나루미 군은 레벨치고는 체력이 대단하네. 대체 어떤 훈련을 한 걸까~.』

"……체력에는 좀 자신이 있어."

무거운 짐을 몇 개나 들고 장시간 달리면 보통이 아니라는 것쯤은 들키고 싶지 않아도 들킨다. 궁색한 변명이지만 어떻게 넘길 수 없을까.

처음엔 친절한 마음으로 나와 짐을 같이 업고 가주겠다고 했지만, 뒤에 있는 검은 옷들의 살기가 커져서 정중하게 거절한 일이 있었다. 텐마는 좀 더 저들의 맹목적인 사랑을 자각해 줬으면 한다.

그리고 다른 문제도 있다.

아무래도 쿠가가 뒤에서 쫓아오고 있는 것 같다. 돼지 꼬리정의 창문으로 살짝 보이기만 했고, 모습을 제대로 확인한 건 아니지만 E반의 게시판에도 쿠가가 행방불명이라 적혀 있었으니 틀림없다. 은밀 스킬을 써서 미행하고 있어서인지 집사들도 아직 눈치 채지 못한 모양이다. 이런 곳까지 쫓아올 줄이야. 언젠가 연습회에서 있었던 일을 이상하게 여기고 있는 것일지도 모른다.

(어떻게 할까, 어딘가에서 따돌리면 좋을 텐데.)

정말이지. 걱정이 끊이지 않는 여정이다.

──10층 입구 광장.

바닥과 벽이 울퉁불퉁한 바위에서 인공적인 돌 타일로 바뀌고, 천장도 파르스름한 색으로 빛나고 있어서 밖으로 나온 것 같은 개방감이 느껴졌다. 이렇게 밝아도 시각은 이미 20시를 넘겼고 입구 광장에는 숙박용 텐트가 많이 설치되어 있었다. 여길 사냥터로 삼고 있는 모험가는 시간 감각이 틀어져서 밤낮이 바뀌거나 하지 않을까. 그건 그렇고──.

(겨우 도착했다…… 길었어.)

오는 도중에는 전방위에서 따끔따끔 살기를 뿜고, 뒤에서는 쿠가가 미행하고, 예상 이상으로 지쳐 버렸다. 그래도 무사히 목적지까지 도착했으니 좋게 생각하자.

도착 지점은 고급 여관 흑단정. 이름대로 새까만 목재를 조립해 건축한 일본식 여관으로 한눈에 봐도 4층에 있는 숙박 시설보다 더 고급스러운 숙소라는 걸 알 수 있다. 입구 부근은 숙박객 전용 테라스석이며, 먼저 도착한 도달 심도 일행은 거기서 늦은 저녁을 먹고 있었다.

앞쪽에 앉아있던 유카타 차림의 세라 씨가 우리를 알아차리고 생글생글 웃으며 맞이해 줬다. 게임에서도 본 적 없는 그 모습에 허둥거리고 말았다. 정말 아름다우시다.

"고생하셨습니다, 텐마 님. 숙박 예약을 미리 해뒀으니 여기로 오시죠."

『아~ 응. 나루미 군이랑은 여기서 헤어져야겠네. 돌아갈 때는 요금은 좀 들지만 가이드에게 부탁하면 안전하게 갈 수 있어.』

"지금까지 고마워. 텐마와 모두의 앞으로의 활약을 기도할게."

『응, 열심히 하고 올게! 또 학교에서 보자~.』

크게 손을 흔들고 작별을 아쉬워하는 텐마. 짧은 시간이었지만 그녀의 밝은 성격 덕분에 나름대로 즐거웠던 것 같기도 하다. 세라 씨와도 가까이에서 이야기하고 유카타를 입은 모습도 보고 무사히 도달 심도 참가상도 탔으니 대성공이 아닐까. 떠나기 전에 등에 진 짐을 B반이 앉아있는 자리까지 갖다주면 나의 반 대항전은 거의 종료— 일 줄 알았는데.

"어이. 설마 임무를 포기할 생각은 아니겠지."

"에? 임무라고 해도……."

거리낌 없이 눈을 부라리며 째려보면서 낮은 목소리로 협박하듯이 말하는 귀족님들. 그보다 너희들, 내 레벨이 3이라는 걸 알고 있는 거냐. 만약 정말로 레벨이 3이라면 이 앞에서 나오는 몬스터의 공격이 스치기만 해도 치명상일 정도로 위험하다고.

"뭐. 가는 도중에 그대의 몸은 우리가 지켜 줄 테니 안심해라. 내일 아침 9시까지 이곳에 오도록."

발치를 가리키면서 그렇게 말하고는 나에 대한 흥미를 잃은 듯이 동료 곁으로 돌아가 아까 전까지 하던 카드게임에 열중했다. D반이라도 이 층까지 오지 못했을 텐데, 원래 예정으로는 대체 누구에게 짐을 들게 할 생각이었던 걸까.

짐을 드는 것 자체는 딱히 힘들지 않으니 괜찮지만, 레벨 3인 내가 그런 층까지 가면 누가 봐도 위험하니 이상하잖아. 반 친구들에게 어떻게 설명하면 좋을까.

(그래도 뭐, 귀족의 부탁을 거절하는 것도 문제인가.)

귀족과 문제를 일으키면 어떤 귀찮은 일이 굴러들어 올지 알 수 없고, 최악의 경우에는 반 친구들에게도 피해가 간다. 지금은 꾹 참는 수밖에 없을지도 모른다.

스오우나 세라 씨 등 스토리의 중요인물들이 이후에 어떻게 싸워 나가는지 앞으로를 위해 봐두는 것도 나쁘지 않다— 는 핑계로 스스로를 납득시키는 건 무리이니 오늘은 집에 돌아가서 분을 삼키며 잠이나 자자.

시험 기간 중에는 팔 단말기의 던전 내 GPS가 강제적으로 켜져 있으니 이대로 밖으로 나가면 바로 실격돼 버린다. 하지만 이 규칙은 의외로 허점이 많아서 단말기를 짐과 함께 코인로커에라도 넣어두면 회피는 가능하다. 그래서 집으로 돌아가기 전에 정리해야 하는 문제는——.

(쫓아오고 있는 쿠가를 어떻게 할지가 문제네.)

시선은 맞추지 않고, 있을 것으로 예상되는 방향으로 의식을 돌렸다. 하지만 의식을 돌려도 은밀 스킬을 쓰고 있어서인지 아무것도 느껴지지 않았다. 정말 성가시다. 차라리 그냥 말을 걸까 하고 망설였지만, 이상하게 접촉하면 트집을 잡고 꼬치꼬치 캐물을지도 모르고 자칫 잘못하면 실력 행사를 할 가능성도 있다. 정직하게 따돌리는 걸 생각하는 편이 나을 것이다.

나보다 레벨이 높고 미행에도 뛰어난 현역 스파이를 따돌리는 건 그리 쉽진 않지만 좋은 방법은 있다. 그렇다……. 남자화장실로 도망치면 된다. 쿠가라고 해도 꽃다운 소녀. 그런 곳에 들어가면 쫓아올 수 있을 리가 없다.

콧노래를 부르면서 남자화장실의 화장실 칸에 들어가 매직 백에서 감정 저해 아이템인 [광대의 가면]과 인식력을 저하시키는 다크 호퍼의 로브를 꺼내 장착했다.

이 화장실은 반대쪽으로도 빠져나갈 수 있으니, 이제 그쪽으로 나가기만 하면 되는 간단한 미션이다. 쉽다고 생각하며 손거울을 써서 몰래 뒤를 관찰하니——.

(뭐라고?! 당당하게 남자화장실에 들어오다니이!)

후드를 푹 눌러쓰고 헐렁헐렁한 후드티 같은 옷을 입고 있어서 얼핏 보면 소년처럼 보이지만, 저건 틀림없이 쿠가다. 조금만 보면 분명 여자라는 걸 알 수 있을 정도의 변장밖에 안 해서 주위에 위화감을 흩뿌리고 있었다. 옆에서 콧노래를 부르던 아저씨는 눈을 크게 뜨고 두 번이나 보고 있잖아.

쿠가는 내가 있는 방향조차 모르는지 두리번거렸다. 탐지 스킬은 없는 것 같지만, 가면과 로브를 착용하고 있어도 이렇게 좁은 곳에 있으면 잡히는 것도 시간문제다. 그렇다면 바로 여기서 나가서 다음 수단을 쓰자.

(이 주변에서 가까운 곳이라면 거긴가.)

지금부터 가는 곳은 DLC로 추가된 '바보의 정원'이라는 이름을 가진 트롤 방. 리사 일행도 레벨업에 쓰던 곳이다. 10층 입구 광장에서 비교적 가까운 곳에 있어서 여기서 뛰면 금방 도착한다.

통로 모퉁이에서 살짝 뒤를 보니 멀리서 쿠가가 걷고 있는 게 확인됐다. 역시 추가 지역까지는 쫓아오지 못한다— 아니. 어슬 렁거리면서도 내가 있는 방향으로 오고 있어.

(저건 탐지 스킬을 쓰고 있군……《디텍트》인가)

《디텍트》는 대상에 표시를 달아 추적하는 타입의 스킬이 아니 라 사람이나 몬스터의 기척을 대략적으로 탐지하는 타입의 탐지 스킬. 그래서 사람으로 붐비는 등 혼잡한 곳에서는 쓰지 못했던 것이다. 이대로라면 DLC 구역에 도망친다고 해도 쫓아오고 만 다. 어쩔 수 없다. 최후의 수단을 쓸까.

가슴팍에서 펜던트를 꺼내 달려있는 보석을 쥐고 마력을 흘려 넣었다. 이 펜던트는 퀘스트로 받은 긴급 탈출용 매직 아이템으 로, 발동시키면 마력을 등록한 게이트 방까지 점프하는 효과가 있다. 마력을 등록하지 않았으면 던전 밖으로 간다. 현 시점에는 많은 수를 준비할 수 없으니 평상시에 쓸 수 없지만, 여기서 쿠가 에게 잡힐 바에는 써야 할 것이다.

(여기서 도망쳐도 임시방편밖에 안 되지만.)

이후의 대응에 골머리를 앓고 있으니 희미한 빛에 감싸였고, 부유감이 찾아왔다——.

——10층 게이트 방.

전이해 보니 눈앞에 헬름을 쓰고 경갑을 입은 남녀가 서있었 다. 내 존재를 알아차리더니 얼굴을 덮고 있던 금속 부분을 휙 올려 말을 걸어 왔다.

"소타구나. 학교 시험은 이제 괜찮아?"

"어머, 마침 우리도 물건을 사러 온 참이야~."

아버지와 어머니다. 갑옷을 입고 있다는 건 가게의 상품 매입을 위해 온 게 아니라 사냥이라도 하고 있었던 걸까. 할머니의 가게 앞에는 동생의 모습도 보였다.

"오빠~! 아빠도 엄마도 레벨 13이 됐어~!"

"레벨 10을 넘었을 무렵부터 배도 들어가기 시작했고, 피부에 윤기가 돌아오기 시작한 느낌이 들어."

"당신은 점점 더 예뻐지네. 그리고 보니 나도 어깨의 뻐근함이 없어졌는데 정말로 젊어지기 시작한 건가?"

레벨업은 순조로운 것 같고, 육체 강화에 따른 회춘 효과를 실감할 수 있게 되었다며 기뻐했다. 게임에서도 레벨업하면 육체 연령이 전성기에 가까워진다는 설정이 있었는데, 플레이어는 모두가 고등학생이었으니 의미 없이 사장된 설정이었다.

만약 아버지와 어머니가 레벨 50 정도까지 올리면 어디까지 젊어지는지 궁금하긴 하네.

"레벨이 올라서 지금부터 셋이서 처형장인가 하는 곳에 갈 예정인데, 같이 올 수 있나?"

"소타가 와준다고 하면 고맙지. 이거, 엄마가 다룰 수 있을지 불안하니까……."

아버지와 어머니가 매직 백에서 꺼낸 것은 수많은 '그것'과 교환해서 푸르푸르에게 받은 부스트 해머다. 아버지가 들고 있는 빨간 해머는 불 인챈트, 어머니가 들고 있는 보라색 해머는 번개 인챈트가 부여되어 있다.

둘 다 오늘 처음 두더지 잡기에 데뷔하는 데다가 본 적도 없는 처음 쓰는 무기를 휘둘러야 하니 불안한 모양이다. 일단 카노에게는 사냥 방법과 부스트 해머 사용법을 가르쳐 줬지만 아직 익숙해지지 않은 것 같으니, 내가 같이 가서 실제로 두더지 잡기를 시연해 보는 편이 좋을 것이다. 게이트로 가면 금방이니까.

"오늘은 이제 집에 가기만 하면 되니까 같이 갈게."

"아자~♪ 오빠가 있으면 어쩌고 바론도 잡을 수 있겠네!"

"대단한 몬스터라고 들었는데, 어떨지 기대되는구나."

"그러네, 사진도 잘 찍어 둬야겠어."

오늘도 언제나처럼 제멋대로인 나루미가다.

◤////////////////////////////////

"여기 분위기가 엄청 좋네! 최고야~!"

10층에서 쇼핑을 끝내고 15층 게이트 방으로 전이한 나루미 일가는 살풍경하고 극도로 메마른 대지를 걸어 오늘의 사냥터인 '망자의 연회'로 향하고 있다.

가는 길에 있는 마른 나무에는 전에 왔을 때와 마찬가지로 수많은 시체가 매달려 있고 먼 곳에는 난잡하게 세워진 묘비가 여기저기 흩어져 있으며 주변에는 언데드가 꿈틀거리는 호러 요소가 가득한 필드…… 인데, 어머니는 즐거운 듯이 들고 있는 단말기의 카메라 기능을 풀가동해 셔터 소리를 마구 내고 있었다.

확실하진 않지만 아버지에 따르면 어머니는 호러를 정말 좋아해서 일본 각지에 있는 놀이공원의 유령의 집은 전부 돌며 제패한 경력이 있다고 한다. 이곳 15층은 지금까지 봐온 층과 비교해도 분위기가 한층 더 암울해서 지금부터 갈 사냥터도 어떤 곳인지 기대돼서 참을 수가 없었던 모양이다.

한편 카노는 그런 취미는 이해할 수 없다고 말하는 듯한 표정을 짓고 있었다. 거기엔 나도 동의한다. 최근엔 언데드를 마구 잡고 있어서 다소 익숙해지고는 있지만, 그래도 눈앞에 펼쳐진 종말적인 광경을 봐도 마음은 전혀 평온해지지 않았다. 세상에는 다양한 사람이 있다는 걸 실감했다.

그런 고로 묘하게 들뜬 어머니는 내버려 두고 부스트 해머에 대해 설명을 계속했다.

"이거에 마력을 흘리면서 강하게 휘두르면…… 인챈트가 자동 발동하는 건가?"

"맞아. 맞으면 알아서 발동해. 불 인챈트는 언데드에게 특효 대미지가 있으니까 두더지 잡기에는 최적이야."

부스트 해머는 마력을 흘리면서 강하게 휘두르면 머리 뒤쪽이 폭발해서 가속을 지원해 주는 특수무기다. 그 덕분에 STR이 그렇게 높지 않아도 큰 대미지를 낼 수 있다.

던전 30층 이후에서는 비교적 메이저한 둔기인데 이쪽 세계에선 그 층까지 도달할 수 있는 모험가가 거의 없어서 시장에도 아직 나돌지 않는 모양이다.

“이 보라색 망치는 어때? 번개가 부여돼 있다고 했었지.”

“번개 인챈트는 낮은 확률이지만 전기가 나와서 마비시키는 경우가 있어. 강적이나 대인전에 효과가 좋아.”

“대단하다~! 이건 사실 엄청 비싼 게 아닐까!”

손에 든 보라색 부스트 해머를 기울여 여기저기 체크하면서 눈동자에 ‘$’ 마크를 띄우는 카노. 대인전에서 디버프 무기는 효력이 뚜렷하게 나타나기 쉽고 혜택도 커진다. 예를 들자면 마비시키는 시간이 겨우 0.5초라고 해도 그 약간의 시간에 자세를 무너뜨리거나 일격을 가할 수 있으면 승부가 나는 경우가 있기 때문이다.

그 외에는 강력한 스킬 발동을 막는 등, 한순간의 빈틈조차 보일 수 없는 고도의 싸움이 될수록 디버프 효과도 커진다.

참고로 평범한 대 몬스터전을 생각하면, 디버프 무기보다 효율적이면서 대량으로 사냥할 수 있는 고화력 무기가 더 선호된다.

“대인전인가. 역시 던전 안은 치안이 안 좋으니 몸을 지키기 위해서도 어느 정도는 다룰 수 있는 게 좋을 것 같네.”

“대인전은 어떻게 하면 강해질까.”

“우선은 레벨을 올려야지. 그게 가장 효과가 좋아.”

이전에 카노가 모험가에게 공격당한 일을 떠올리고 아버지가 던전의 나쁜 치안을 걱정했다. 던전에서는 몬스터만 위험한 게 아니니, 대인전에도 대처할 수 있도록 준비해 두는 건 중요하다. 그럼 구체적으로 어떻게 하면 좋은가.

일단 대인전 몬스터전 관계없이 매직필드 안에서는 레벨이 곧

정의다. 싸우는 상대와의 레벨 차이가 10 정도 나면 장비나 경험 따위는 사소한 문제가 되기 때문이다. 설령 유명한 프로 격투가라고 해도 레벨을 올리지 않았다면 아버지나 어머니에게 이기는 것은 불가능할 것이다.

"그러면, 레벨이 똑같다면 역시 장비나 경험이 중요해져?"

"그것들은 물론 중요하지. 그래서 우리도 장비를 강화하고 경험을 쌓으려고 하고 있는 거야. 하지만 대인전이라면 그 이상으로 속도가 중요해져."

"속도? 확실히 중요하다고는 생각하지만 그 정도인가."

레벨이 같다면 무엇이 승패를 나누는가. 카노는 장비나 경험이 아닌가 하고 생각한 것 같지만, 대인전 등의 아슬아슬한 싸움을 하는 경우에 한해서는 이동 속도와 기동력, 민첩성 등의 속도가 중요해진다. 그 답은 아버지도 예상 밖이었는지 신기하다는 듯이 이유를 물었다.

확실히 강력한 무구가 있으면 쓰러뜨릴 수 있는 가능성이나 생존률도 높아지고, 전투 경험이 풍부하면 전술적 안목도 좋아져 전술을 임기응변으로 쓸 수 있게 된다. 목숨을 건 싸움에서는 그러한 것들이 승패를 크게 좌우하는 요소인 것은 틀림없다.

하지만 애초에 그런 이길 수 있을지 없을지 모르는 싸움 같은 건 하면 안 된다.

"도망치는 게 이득이기 때문이야. 이동 속도에서 유리하다면 이길 수 없는 사람을 상대로도 도망친다는 수단을 쓸 수 있고, 이길 수 있다고 생각했다면 그 민첩성과 기동력으로 농락하면 돼.

중요한 건 지지 않는 것. 지지 않으면 몇 번이든 도전할 수 있으니까. 그래서 우리 가족은 속도 버프를 배웠으면 좋겠어."

도망치기 위한 이동 속도. 이기기 위한 민첩성·기동력. 속도만 있으면 지지 않을 가능성이 높아진다. 던익의 대인전에서도 속도는 가장 중요한 파라미터였다.

"속도 버프라면, 여기에 오기 전에 말했던 《액셀러레이터》라는 스킬인가."

"다 같이 [로그]가 된 게 그 스킬을 배우기 위해서지."

이동력을 30% 올리는 버프 스킬《액셀러레이터》를 모두가 배웠으면 해서 여기에 오기 전에 [로그]로 전직했다. 이미 배운 카노는 바로 발치에 푸르스름한 이펙트를 내며 주위를 뛰어다녔다.

"이거 엄청 재밌어~! 얏호~!"

"오오, 이거 빠르네."

모래와 자갈이 많아 뛰기 힘든 언덕임에도 불구하고 어지간한 자동차보다도 속도가 더 빠르지 않을까. 그 때문에 카노가 달린 뒤쪽에는 거대한 모래 먼지가 피어올라 태평하게 사진을 찍던 어머니를 놀라게 했다. 그대로 주위를 일주해서 만족했는지 눈앞에서 급제동을 하며 돌아왔다.

"속도도 그렇지만, 지금부터 가는 사냥터는 장비도 갖출 수 있잖아. 빨리 순 미스릴 방어구를 맞추고 싶어."

"순 미스릴? 엄마도 순 미스릴 액세서리가 갖고 싶네~. 힐끔."

"그…… 그렇네. 크흠."

순 미스릴이라는 말을 듣고 날아온 어머니가 '귀걸이를 갖고 싶다'라며 아버지에게 들리도록 불평했다. 미스릴은 매직 필드 밖에선 은과 성질이 같아지지만, 굉장히 입수하기 어려운 희소한 금속이라 세상의 마담들에겐 지위를 나타내는 귀금속이다.

단, 순도 100% 미스릴 쯤 되면 무게가 같다고 하더라도 금의 100배에 가까운 가치가 있기 때문에, 귀걸이 정도의 양이라면 몰라도 무구를 만들면 억에 이를 정도로 가격이 터무니없어진다. 당연히 우리 집에 살 수 있을 만한 재력 같은 건 있을 리가 없지만, 모으는 건 가능하다.

"이제부터 레벨을 올리고, 스킬을 배우고, 그러는 김에 어쩌고 바론을 많이 잡아서 미스릴을 잔뜩 모은다. 일석삼조네!"

"훌륭해! 엄마도 열심히 할 거야! 내일도 모레도 할 거야~!"

"소타는 내일도 올 수 있겠어?"

미스릴을 갖고 싶어서 의욕을 낸 카노와 어머니가 앞으로 매일 두더지 잡기를 하겠다고 선언했다. 하지만 난 내일도 학교에 간다.

"반 대항전에 가야 하게 됐어."

"에에~! 블러디 어쩌고를 한번에 잔뜩 잡고 싶었는데에."

오빠는 말이다, 중요한 일(셔틀)을 부탁받아서 바빠졌단 말이야. 원래는 반 대항전 같은 건 첫날에 후딱 끝내고 가족과 함께 사냥하려고 했는데. 뭐, 내가 없어도 안정적으로 사냥할 수 있도록 착실하게 지도하면 되나.

"아, 사츠키 언니한테 메일이 와있었어. 모레쯤부터 와도 좋대. 아싸~!"

"갈 때는 정체를 제대로 숨겨야 한다."

무슨 일이 있어도 반 대항전에 참가하고 싶었던 모양인지, 사츠키에게 몇 번이나 재촉하는 메일을 보냈는데 드디어 와도 좋다는 답장이 왔다고 한다. 모험가 학교의 시험은 무엇을 하는지, 학생의 수준은 어느 정도인지 정찰하러 간다며 의욕을 불태우고 있는데, 나도 카노가 너무 까불지 않도록 잘 컨트롤 해달라고 부탁하는 메일을 보내 두자.

그런 이야기를 하고 있는데 어느 샌가 목적지인 DLC구역에 들어와 있었던 모양이다. 하늘을 보니 어둡고 꺼림칙한 구름이 소용돌이치고 있어서 암울함이 한층 더해졌다. 두더지 잡기에 딱 좋은 날이다.

그럼 기분전환도 겸해서 열심히 해볼까.

── 타치기 나오토 시점 ──

반 대항전 3일차. 아침 정시 연락. E반의 참모를 맡은 난 정보를 모으기 위해 지정 포인트 도달 그룹을 이끄는 유우마와 단말기로 대화를 나누고 있었다.

'분명 이상해. 살짝 떠보는 편이 좋을지도 몰라.'

"그건…… 아니, 뭔가 알아내면 연락해 줘. 건투를 빌지."

'그래. 나오토도. 이만 끊을게.'

서로 힘내자는 말을 마치고 통화를 끊었다. 예상 이상으로 좋지 않은 상황에 무심코 한숨을 쉬고 말았다.

우리의 당초의 작전은 얕은 층이 주로 전장이 되는 전반전─즉, 오늘까지 가능한 한 점수를 벌어 차이를 벌리는 것이었다. 그러기 위해서는 적어도 D반을 웃도는 점수를 획득해야만 한다. 후반전은 5층 이후가 주된 전장이 되기 때문에 평균 레벨이 낮은 우리 E반은 불리해지기 때문이다.

하지만 지정 포인트 도달을 이끄는 유우마의 보고에 따르면 지금까지 8번을 했는데 전부 최하위. 상위 반은 고사하고 D반에게조차 한 번도 이기지 못했다고 한다.

지정 포인트 도달은 무작위로 정해진 포인트에 도착한 순서를 경쟁하는 종목. 스타트 위치는 자유라서 포인트가 발표되었을 때

가까이에 있는 반이 큰 어드밴티지를 얻어야── 하는데.

유우마 일행은 D반보다 상당히 가까운 위치에 있었을 때조차도 선수를 빼앗겼다. 가는 길에 몬스터도 많이 있었을 텐데, 도저히 몬스터를 잡고 나아가고 있다고는 볼 수 없는 속도였다고 한다.

당연히 몬스터를 잡지 않고 끌고 가면 몹몰이 상태가 된다. 그런 민폐 행위가 발각되면 일반 모험가와 다른 반에게 신고를 당해 한 번에 시험 실격이라는 패널티를 받게 된다. D반이 아직 실격되지 않았으니 어떠한 수단으로 몬스터를 처리하고 있을 것이다. 그럼 그 수단은 무엇인가.

맨 처음 떠오른 것은 역시 조력자의 존재. 만난 몬스터를 조력자에게 떠넘기면 전투 시간을 큰 폭으로 줄일 수 있어서 스타트 위치가 다소 안 좋다고 해도 만회는 가능하다. 하지만 이는 **손에 넣은 정보**와 상반된다.

생각을 정리하기 위해서라도 옆에서 듣고 있던 그녀와 의견 교환을 해두는 편이 좋을 것이다.

"닛타. 방금 전의 보고에 대해 어떻게 생각해."

"음~. D반의 조력자는 전부 전체 마석량 쪽에 붙었을 텐데~?"

"맞아. 오오미야의 정보가 확실하다면."

조력자의 존재가 드러났을 때는 반이 동요하고 크게 어지러워졌다. 유우마와 마지마 일행의 필사적인 설득으로 지금은 어떻게든 진정돼 있지만, 이 이상 D반과 점수 차가 벌어지면 자포자기하는 반 친구들이 나와도 이상할 것이 없다. 그렇게 되면 E반의 사기는 도미노처럼 무너져 내린다.

대책을 세우기 위해서라도 D반의 조력자가 얼마나 강하고 몇명이 있는지 시급히 조사할 필요가 있었다. 그 조사를 자진해서 맡은 게 오오미야다.

그 후, 몇 시간이 지나자 어떻게 조사했는지는 모르겠지만 리사에게 상세한 보고가 올라왔다. 그 보고에 따르면 태양 배지를 단 레벨 8 전후로 보이는 모험가 6명이 D반의 전체 마석량 그룹을 돕고 있는 것을 확인. 그 외의 종목에서는 조력자의 모습은 보이지 않았다고 한다.

오오미야의 정보를 전제로 삼아 전략을 다시 짜서 어떻게든 만회하고 싶지만, 조금 전에 유우마가 한 보고는 전체 마석량뿐만 아니라 지정 포인트 도달에도 조력자가 있을 가능성을 시사하고 있다. 다시 말해서 오오미야가 한 보고와 모순되는 것이다.

"음~. 사츠키의 정보는 믿어도 된다고 생각해. 하지만 지정 포인트 도달은 뭔가 비밀이 있다는 건 확실하네~. 예를 들면……."

닛타가 검지를 볼에 대고 곰곰이 생각했다. 지금까지는 조용했는데 어젯밤 무렵부터 적극적으로 의견을 말하게 되었다. 그녀의 지혜와 재치에는 크게 기대하고 있다.

"D반은 전체 마석량 쪽 인원을~, 지정 포인트 지원 쪽으로 돌리고 있다거나~?"

"흠. 그러면 확실히 설명이 되는군. 하지만……."

"점수 배분이 큰 전체 마석량을 희생하면서까지 지원으로 돌리는 건 이상하지~."

현재 지정 포인트는 4층부터 5층이 무대. 지원하면서 마석 수

집을 못 할 것도 없지만, 수집 효율은 확실하게 떨어진다. 덕분에 마석량 승부에서는 사쿠라코와 카오루 일행이 분투하기도 해서 우리 반이 D반을 웃돌고 있다.

안 그래도 D반은 도달 심도 그룹이 전원 탈락하는 사고도 당해서 이대로 전체 마석량도 떨어뜨리면 E반에 역전…… 까지 당하지는 않더라도 바싹 추격당하게 된다. 그건 실컷 우리를 바보 취급해온 그들에게 굴욕적인 일일 테니, 이 상황을 방치할 것 같지는 않다.

"역시 방해하는 걸까나~. 희망을 가지게 해놓고 마지막에 떨어뜨린다거나."

"만일을 위해 사쿠라코와 카오루의 그룹에는 너무 떨어지지 말고 움직이라고 지시해 둬야 하는 건가."

"그래도~ 그쪽엔 사츠키도 있으니까 괜찮을 거라 생각하는데. 게다가 **특별한 조력자도** 불러놨고~."

"특별한…… 조력자라고? 그건 어떤 사람이지."

우리 E반이 궁지에 몰린 건 낮은 평균 레벨이 가장 큰 이유지만, 다른 반에 붙어있는 조력자의 존재도 큰 요인이다. 하지만 우리에게도 조력자가 와준다면 이야기는 달라진다. 역전할 가능성이 생길지도 모른다. 대체 어느 정도의 실력을 가진 자인가, 실력에 따라서는 전략의 폭도 달라질 것이다. 물고 늘어지듯이 물어보니——.

"후훗. 비밀♪"

닛타는 입에 검지를 대고 장난스럽게 웃기만 할 뿐, 가르쳐 주지는 않았다.

──── 하야세 카오루 시점 ────

"이상해. 여기도 몬스터가 보이지 않아."

"이건 누가 먼저 사냥한 거네. 더 안쪽으로 가는 편이 좋을까?"

이틀차까지 던전 4층을 사냥터로 삼고 있었는데 전투에 익숙해지기 시작하기도 해서 오늘부터 사쿠라코 일행과는 따로 행동해서 5층 입구 부근으로 사냥터를 옮기기로 했다. 하지만 주위의 몬스터는 전부 사냥당해서 거의 발견하지 못해 안쪽으로 사냥터를 옮겼지만…… 여기도 마찬가지. 어떤 집단이 이 주변 일대에서 사냥을 하고 있는 것일지도 모른다.

그냥 서있어도 시간 낭비이니 더 안쪽으로 가자고 오오미야가 제안했다.

"5층에 온 이후로 아직 전투를 조금밖에 못 했으니까 신중하게 가는 게 좋다고 생각하는데. 안 그래도 한 명 적어졌어."

"그치만 모처럼 D반을 웃도는 성적을 내고 있는 지금 속도를 늦추는 건 아깝다고 생각해."

츠키시마가 '커다란 마석을 가져와 주지'라는 말을 하고는 멋대로 어딘가로 가버려서 우리 그룹은 한 명이 적어지고 말았다. 정말이지…… 걱정하는 우리 입장도 생각해 줬으면 한다.

그래도 기분 좋은 오산은 있었다. 오오미야가 상상 이상으로 전투에 익숙했다. 메인 탱커를 나 이상으로 능숙하게 해내서 전투 횟수를 비약적으로 늘릴 수 있었고 파티로서의 안정감도 커졌다.

마지마와 유우마가 있는 종목이 고전을 면치 못하고 있는 데다가 상위 반의 조력자의 존재가 드러나 반 친구들이 의기소침해진 와중에도 우리 전체 마석량 그룹은 나름의 성과를 올려 사기도 유지할 수 있었다. 그것도 전부 그녀 덕분이라 해도 과언이 아니다.

지금 속도를 늦추지 않고 마석을 벌 수 있다면 후반에 실속하게 될 반의 기세에 불을 붙일 수 있을지도 모른다. 나와 오오미야가 있으면 다소 무리해도 효과가 있을 테니 해볼 가치는 있을 것 같다.

"그럼 한 번만 더 안쪽으로 가볼까. 여기에서라면…… 안전지대가 가까이에 있는, 저 지점이 좋으려나."

"그럼 다들, 조금만 더 이동하자."

"네~."

지금 우리 전체 마석량 그룹은 잘 풀리고 있어서인지 멤버도 시원스럽게 대답하며 응해 준다. 처음엔 어떻게 될지 불안했지만, 이대로 가면 우리는 분명 반 대항전을 극복할 수 있다. 설령 이기지 못하더라도 미래에 기대를 가질 수 있을 것이다. 포기할 순 없다.

하지만 이런 안쪽까지 몬스터가 없어지다니, 희한한 일이 다 있네.

남쪽으로 2km 정도 걸어 목적지인 사냥터에 도착했다. 몬스터가 리젠되지 않는 안전지대도 여기서 가까워서 지쳤을 때에 휴식도 할 수 있다. 여기까지 오면 몬스터가 없을 일은 없을 것이다.

"그럼 바로 유인해서…… 잠깐만. 저쪽에서 뭔가가."

"무슨 일이야…… 어?"

오오미야가 몬스터를 유인해 오려고 한 걸음 내딛었지만, 이변을 알아차리고 귀를 기울였다. 진동, 이라기보다는 작은 땅울림 같은 걸 나도 느낄 수 있었다. 이건 좋지 않은 소리다.

"누군가가 몹몰이를 하고 있어! 그것도 심상치 않은 규모!"

뒤에서 반 친구들이 쌍안경을 꺼내 상황을 전해줬다. 200m 정도까지 육박해서야 전체상이 보이기 시작했다. 저건…… 오크 로드다!

계속해서 울부짖으며 달리고 있었다. 저렇게까지 오크가 흥분한 건 보통 일이 아니다. 뭔가 도발하는 짓을 반복해서 했을 것이다. 뒤를 따르는 것은 오크 솔저, 적어도 50마리 이상 소환되어 있다. 저 정도로 큰 규모의 몹몰이에 휘말리면 우리도 무사하지 못할 것이다. 한시라도 빨리 여기서 떠나야 한다.

"저기 봐! 산죠랑 다른 애들이 있어!"

"뭐?"

오크 로드가 향하고 있는 곳으로 시선을 돌리니 사쿠라코의 그룹이 뿔뿔이 흩어져 있는 모습이 보였다. 통솔 같은 건 하지 않아 개개인이 심하게 겁에 질린 표정으로 각기 다른 방향으로 달려서 도망치고 있었다. 사쿠라코 외의 사람은 레벨이 5가 안 되기 때문에 저래서는 설령 몹몰이로부터 도주하는 데 성공했다고 하더라도 단독 행동 중에 몬스터와 만나면 치명적이다. 어떡하면 좋지.

"진정해! 내가 갈 테니까 모두 뭉쳐서 온 길로 돌아가!"

오오미야는 허리에서 나이프를 꺼내며 저 속에 혼자 갔다 오겠다고 말했다. 무모하다고 소리치려고 했지만 누군가가 저 몹몰이의 진행 방향을 바꾸는 것 외에는 구할 방법이 없는 것도 사실이다. 하지만——.

"난 괜찮아. 하야세, 모두를 부탁할게!"

당황한 내 눈을 보면서 그렇게 말하고는 대단한 속도로 달려갔다. 보니까 몹몰이가 당장이라도 반 친구들 앞에서 퍼지려고 한다. 더는 생각할 시간이 없다. 지금은 오오미야를 믿고 움직여야 한다.

"얘들아, 여기야!"

던전 13층. 메마른 초목밖에 없는 황량한 언덕 위에서 도달 심도 일행은 조용한 밤을 보내고 있었다. 난 어쩌고 있냐 하면 방금 전에 간소하게 저녁을 먹고 모닥불에 앉아 있는 참이다.

"근데 춥네……."

이 언덕은 통칭 '바람의 언덕'이라고도 불리는 안전지대로 전망이 좋아서 모험가들이 자주 이용하는 야영지다. 하지만 높은 지역이라 그런지, 기온이 낮고 차가운 바람이 불어오다 보니 굉장히 쌀쌀하다.

가져온 후드티를 걸치고 완전히 차가워진 손을 모닥불 가까이 대서 데웠다. 이렇게 찬바람을 맞으면서 여럿이 뒤섞여 자는 학생은 일반 서민인 나와 C반 면면들뿐이다.

귀족만으로 구성된 A반과 B반은 언덕 꼭대기에 수행원이 가져온 간이 조립식 집을 짓고 거기서 묵고 있다. 냉난방이나 불을 밝히는 마도구도 완비되어 있어서 굉장히 쾌적할 것 같다. 원래 살던 세계에선 저런 게 없어서 구조나 내장이 어떻게 돼있는지 흥미가 생겼다.

그런 고요한 밤의 언덕에 소녀의 목소리가 메아리쳤다.

"하지만 오라버니, 전 더 할 수 있어요!"

C반의 도달 심도 그룹을 지휘하는 모노노베 메이코다. 대화하고 있는 상대는 너덜너덜한 망토에 흠집투성이인 검은 갑옷, 새

까만 엄니가 돋아난 한냐 가면을 써서 밤길에 마주치면 분명 오줌을 지리게 될 꺼림칙한 남자. 메이코의 오빠라고 한다.

　멀리서 보면 조잡한 장비로 보이지만, 잘 보면 걸치고 있는 모든 것에 마법이 부여되어 있어서 어지간한 모험가와 확연히 구분된다는 걸 알 수 있다. 특히 저 한냐 가면은 여러 가지 어빌리티가 달린 유니크 아이템일 것이다. 저런 걸 대체 어디서 손에 넣은 건지. C반의 조력자로 온 것 같은데 이런 괴물 같은 남자를 데려올 줄이야, 타카무라에게 자중이라는 단어와 그 뜻을 가르쳐 주고 싶다.

　그 괴물 오빠는 낮은 목소리로 타이르듯이 대답했다.

　“……네 동료의 상태는 어떠냐. 사람을 이끄는 입장에 있으면 잘 봐야만 한다.”

　“큭…….”

　C반의 도달 심도 그룹의 평균 레벨은 12에서 13정도. 반에서도 실력자들만으로 구성되어 있으며, 이곳 13층에서도 충분히 싸울 수 있는 레벨이긴 하다. 하지만 지금은 다들 지쳐서 일찌감치 잠들었다.

　물리 공격이 통하지 않는 레이스 대책을 위해 마법계 직업을 가진 자를 몇 명이나 데리고 온 것 같지만, 불운하게도 연전을 치르게 되어 몇 번인가 MP를 전부 소모해 버렸다. 한 번 MP가 고갈되면 기진맥진한 상태가 되기 때문에 리더인 메이코가 전투 타이밍이나 물러날 때를 잘 보고 후위의 MP를 관리했어야 한다고 말하고 있는 것이다.

"하지만 오라버니가 와줬으니 갈 수 있어요."

"난 도와주지 않는다. 너희의 성장을 지켜보기 위해 왔을 뿐이다. 나아가고 싶다면 더 강해져라."

확실히 이 사람이 도와주면 20층에도 갈 수 있을 것이다. 하지만 도와줄 생각은 전혀 없는지 동생의 부탁을 딱 잘라 거절했다. 중요한 것은 A반에 올라가는 것이 아니라 힘을 손에 넣는 것. 수단과 목적을 혼동하지 말라며 엄격하게 말했다. 메이코는 울상을 지었다.

그렇지만 오빠가 하는 말도 일리 있다. 모험가 대학 진학을 노리면 몰라도, 일류 모험가를 목표로 한다면 힘이 곧 정의일 것이다. 이 이상 나아갈 수 없다면 레벨을 올리고 경험을 쌓아서 강해진 다음에 재도전하면 된다.

하지만 전혀 도와주지 않고 동생을 지켜본다는 이유만으로 이런 곳까지 오다니…… 보아하니 시스콘이구나.

따뜻한 차를 마시면서 그런 남매의 대화에 귀를 기울이고 있으니 '이제 됐어요!'라고 말하고 토라져서 누워 버렸다. C반 동료들 앞에서는 든든한 모습을 보여줬지만 오빠 앞에서는 귀여운 동생이 되는 건 점수가 상당히 높다. 대체 어떤 교육을 한 건지 참고하고 싶다.

"……미안하다, 이상한 모습을 보여줘서."

"아, 아뇨."

망은 한냐 형님이 봐준다고 해서 나도 사양하지 않고 잘까 하는 생각을 하고 있으니 갑자기 나지막이 말을 걸어왔다. 이렇게 어둑어둑한데도 그 가면을 벗지 않는 건 무서운데요.

"나루미라고 했나. 왜 너 정도 되는 녀석이 짐꾼 따위를 하고 있는 거지."

"귀족님께 부탁을 받아서…… 아니. 너 정도라뇨?"

무슨 뜻일까. 이 사람 앞에서는 한 번도 힘을 보이지도 않았고, 《페이크》도 간파당한 흔적이 없다. 장비도 우리 가게에서 먼지를 뒤집어쓰고 있던 고물 돼지가죽 갑옷이다. 혹시 나의 흘러넘치는 스타성을 꿰뚫어 봤다던가.

"이 층의 언데드 몬스터를 봐도 네 눈동자에서는 두려움이 전혀 보이지 않았다. 게다가 내 감이…… 넌 보통내기가 아니라고 말하고 있다."

"예에."

몬스터는 항상 약한 《오라》를 흘려서 보통은 자기보다 강한 몬스터를 보기만 해도 무서워 벌벌 떠는 법이라고 한다. 그러고 보니 나도 처음 나보다 강한 오크 로드를 봤을 때는 오줌을 지릴 뻔한 기억이 있다. 앞으로는 무서워하는 척 정도는 해야 할까.

큭큭큭 하고 목으로 웃으면서 '모험가 학교의 E반에는 가끔씩 나오지, 진정한 천재가'라면서 혼잣말했다. 확실하게는 모르겠지만 E반에서는 컬러즈의 리더인 타사토 코타로처럼 정기적으로 천재가 나온다고 한다. 하지만 난 천재 같은 게 아니라 게임 지식 치트를 써서 편법을 쓰고 있을 뿐이다. 하지만 타사토도 E반이었을 줄이야.

“앞으로도 귀족이 시비를 걸겠지만, 너라면 어떻게든 될 것 같군. 그러니 내가 있는 곳에 와보지 않겠나?”

“……내가 있는 곳이라면?”

“내가 있는 클랜이다. 리더도 널 받아들일 도량은 충분히 있다고 생각한다. 뭐, 내키면 생각해줘.”

무슨 말을 하고 있는 걸까. 쿠노이치 레드처럼 좋은 일이 생길 것 같은 클랜이라면 생각해 볼 수도 있지만, 이런 섬뜩한 남자가 있는 클랜 같은 곳은 솔직히 가고 싶지 않다. 멤버가 이 모양이면 클랜 리더는 분명 요괴나 뭐 그런 부류일 것이다.

자 그럼. 내일도 일찍 일어나야 한다고 하니 나도 빨리 이를 닦고 침낭에 들어가자.

“——어이, 일어나라.”

누가 머리를 툭 때려서 눈을 떠보니, 몇 명의 검은 옷이 날 내려다보고 있었다. 무슨 일일까. 졸린 눈으로 팔에 찬 단말기의 시계를 보니…… 아직 새벽 1시잖아.

“보스가 부르신다. 당장 와라.”

보스가 누구야. 잘 보니 날 내려다보던 모두가 검은 옷을 입고 있었고 가슴에는 ‘天’ 마크가 달려있어서 텐마가의 집사들이라는 걸 알았다. 다시 말해서 보스라는 건 집사장을 뜻할 것이다.

이런 한밤중의 호출. 게다가 무뚝뚝하게 째려보면서 깨우는 걸 보니 섬뜩해서 안 좋은 예감이 든다고. 그렇긴 해도 거절할 수 있을 것 같은 분위기도 아니라서 어쩔 수 없이 따라가기로 했다.

차가운 밤바람을 맞으며 집사의 뒤를 따라서 몇 분 정도 걸어가니, 온통 검은 옷을 입은 집사들 10명 정도가 의자를 둥글게 늘어놓고 앉아있는 곳으로 안내되었다. 그 중앙에는 검은 원피스에 큰 프릴이 달린 하얀 앞치마, 검은 머리카락에 머리띠를 하고 이게 바로 메이드라고 주장하는 듯한 여자아이가 다리를 꼬고 앉아 있었다.

그녀 외에는 남녀 모두 검은 정장을 입고 있는데 혼자만 메이드 차림이라 지금까지 오는 길에도 굉장히 눈에 띄었다. 그리고 이 분이 텐마가의 집사들을 관리하는 보스다.

"잘도 뻔뻔스럽게 모습을 드러냈구나, 꼬맹이."

"네? 어~ 그러니까……."

원수를 보듯이 괘씸하다는 듯이 날 노려보는 메이드 씨. 내가 알고 있는 **그녀**와는 다른 사람인 걸까.

게임에선 텐마를 공략해서 연인 사이가 되면 세트로 친해질 수 있다는 텐마의 전속 메이드가 있었다. 눈치가 빠르고 항상 웃음을 잃지 않고 바지런히 주인공을 돌봐 줘서 다른 히로인들과 견줄 정도로 인기 있는 캐릭터였다. 던익 운영 쪽에도 공략하게 해 달라는 요청이 많이 갔다고 들었다.

그런데 이 태도와 말투…… 그리고 광포한 표정. 분명 쌍둥이 언니라는 패턴이겠지. 얼굴의 생김새는 비슷해도 동일인물이라는 생각이 들지 않았다.

"목적이 뭐냐. 솔직하게 답해라."

"……목적이라뇨?"

"교묘한 이야기로 아가씨께 접근했잖아!"

주위에 있는 검은 옷을 입은 집사들도 같이 눈알을 부라리며 째려봤다. 교묘한 이야기라면, 다이어트 이야기일까.

텐마는 텐마 재벌 그룹 총수의 외동딸로 상당히 귀여움 받고 있으며 집사들의 신뢰도 두텁다. 그런데 정체를 알 수 없는 남자가 접근하면 경계하기 마련인가.

"딱히 다른 뜻은 없어요. 텐마 씨하고는 친구로서 이야기했을 뿐이에요."

"치, 치…… 친구라고오? 이, 이 자시익!"

갑자기 표정이 한냐처럼 무서워지고 미친 듯이 화내기 시작했다. 보고 있던 주위의 집사들 역시 위험하다고 생각했는지 메이드 씨의 팔을 붙잡고 말려 줬다. 그다지 친하다는 듯이 말하지 않는 편이 좋을지도 모르겠다.

"알고 있겠지만 아가씨께 손가락 하나라도 대면…… 넌 바로 저세상행이다."

"네, 알고 있어요."

"아가씨를 울리면 가만두지 않을 거다!"

"성심성의를 다해 노력하고말고요."

이 메이드 씨와 집사들이 텐마를 얼마나 사랑하는지, 플레이어라면 알고 있다. 눈앞에 있는 이들은 귀족이나 클랜의 대립, 항쟁 등으로 인해 쫓겨나거나 갈 곳을 잃은 전 모험가들. 그런 사람들을 텐마 가문 직속 보디가드로 검은 옷을 주고 거둬들인 것이 텐마다. 궁지에서 구해 준 데다가 보호까지 해준 텐마와 텐마 가문에 대한 충성심이 흔들리지 않는다는 건 이해가 가지만, 좀 심하게 과보호하는 게 아닐까요.

"그리고…… 그 남자랑 무슨 이야기를 했지."

으르렁거리며 엄니를 드러내듯이 위협하는가 싶더니 갑자기 진지한 표정을 짓는 메이드 씨. 홀로 모닥불을 바라보고 있는 한 냐 가면을 쓴 남자를 가리키며 말했다. 나도 저 사람에 대해서는 잘 모르는데 누구일까요.

"잡담을 했달까. 뭐, 별다른 얘기는 안 했어요. 어떤 분이죠?"

"저 녀석이 다른 사람과 이야기하다니 별일이군……. 아니, 아무것도 아니면 됐다."

메이드 씨는 한순간 굉장히 진지한 얼굴로 생각하나 싶더니, 이제 너한테 볼일은 없다는 듯이 쉭쉭 하고 손을 흔들어 쫓아냈다. 생각보다 간단하게 놓아준 건 고맙지만, 다음에 깨울 때는 좀더 부드럽게 부탁드립니다.

으으, 몸이 차가워졌다. 빨리 돌아가서 침낭에 감싸이자.

다음 날. 야영지를 출발하여 14층으로 이어지는 메인 스트리트를 걷고 있으니, 옆에 있던 텐마가 장난스럽게 말했다.

『그런 대단한 사람이 도와주러 왔는데 돌아가 버렸네~. 우리 반에서도 위험할지도 모른다는 말이 나왔었는데.』

그렇다. C반이 이곳 13층에서 기권하겠다고 말한 것이다. 메이코는 내키지 않는다는 얼굴을 하고 있었지만, 뒤에 있는 멤버의 얼굴을 보니 피로가 완전히 풀리지 않았고, 오빠의 도움도 받을 수 없다면 기권할 수밖에 없을 것이다. 이 분함을 발판 삼아 그녀가 어떻게 성장할지 기대되기도 했다.

그래서 나도 이에 편승해서 기권하고 싶다는 뜻을 전하러 갔지만 예상대로 짐 운반을 속행하라고 강요당하고 말았다. 자세히는 모르겠지만 A반과 B반이 협의하여 20층까지 가서 동시 우승을 하는 것으로 결정되었다고 하며, 생색을 내듯이 '짐꾼을 하면 거기까지 공짜로 데려다주겠다'라고 한 것이다.

A반도 B반도 1위를 노리기 위해 고레벨 조력자를 많이 데려온 건 좋지만, 그 때문에 위험한 21층 이후까지 승부가 이어지는 게 확정적이다. 이대로 가다가는 조력자로 온 소중한 가신들이 피해를 입을지도 모르니 서로 20층으로 타협한 것이다.

문제는 그 제안을 한 게 스오우라는 점이다. 라이벌인 세라 씨와 평소에 깔보는 E반과 사이좋게 동시 우승을 하자고 하다니, 게임에서의 스오우를 알고 있는 내가 보기엔 꿍꿍이가 있다는 생각밖에 안 들었다. 텐마도 집사들이 위험을 회피할 수 있다면 좋다며 타협안을 지지한 듯하다.

나로서는 이 이상 B반의 헛소리에 어울려 줄 생각 같은 건 없었지만, 동률 1위를 한다면 크게 뒤쳐진 E반에 당당하게 공헌했다는 입장도 얻을 수 있다.

(그리고…… 텐마도 있고.)

옆에선 풀 플레이트 메일을 입은 텐마가 콧노래를 부르면서 가벼운 스텝으로 걷고 있었다. A반 동료와는 마음을 터놓은 것 같지 않지만, 나하고는 스스럼없이 얘기해 줘서 정말 즐겁다. 그런 그녀가 같이 가자고 해줘서, 가도 괜찮지 않을까 하는 마음이 든 것이다.

그래도 너무 가까이 다가가면 뒤쪽의 떨어진 곳에서 감시하고 있는 메이드 씨와 검은 집사가 째려보니 거리에는 주의해야만 한다.

『근데 나루미 군. 「흑치(黑齒)」랑 이런저런 이야기를 한 것 같은데, 아는 사이였어?』

"흑치?"

『응. 칭호…… 별명 같은 거지.』

잘은 모르겠지만 그 한냐 형님은 일본 최대의 공략 클린 '십나찰'의 대간부라나. 메이코는 타카무라의 수행원이었으니 그 오빠도 십나찰의 관계자일 것이라 생각하긴 했지만, 설마 간부였을 줄이야.

십나찰은 귀족이나 클랜과도 자주 충돌하는 등, 항쟁이 끊이지 않는 초무투파 클랜이다. 그는 그런 수많은 항쟁 속에서 적대하는 간부와 조직을 차례차례 멸절시켜 두각을 나타내, 20살 정도의 나이에 거대 조직의 간부로 발탁된 엄청나게 위험한 녀석이라고 한다.

이야기하면서도 PK를 상대하는 듯한 느낌이 있었고, 상당한 수의 사람을 죽였다는 느낌도 들었다. 게임에선 십나찰의 이름만은 자주 등장했지만, 실제로 어딘가에서 싸우거나 간부가 등장하는 장면은 없어서 나도 별다른 정보는 없다.

『거긴 이상한 사람이 많은데 흑치는 특히 위험한 녀석이지~. 대귀족의 대저택에 혼자 쳐들어가서 호위 100명을 상대로 대난투를 벌였다는 이야기도 들었고. 내 집사들도 신경 썼어.』

죽인 자의 수는 헤아릴 수 없다. 그 한냐 가면을 보기만 해도 덜덜 떠는 귀족도 많다. 그런 인물이 반 대항전에 모습을 드러냈을 때는 A반과 B반의 조력자들 사이에도 긴장감이 감돌았을 정도라고 한다. 그래서 메이드 씨도 신경 쓰여서 나에게 물어봤던 것 같다.

(귀족과 다투는 건 사절이니 가능하면 다가가고 싶지 않네.)

상대가 누구든 마다하지 않고 무력 충돌을 반복해 온 탓에 주위에는 적이 가득하다. 최근에도 큰 항쟁이 일어난 지 얼마 안 됐다고 한다. 어떤 주의·주장을 위해 싸우고 있는지는 모르겠지만 그런 위험한 조직과는 거리를 두는 게 최고다. 뭐, 앞으로 만날 일도 없을 테니 아무래도 상관없나.

도달 심도 일행은 완만한 비탈길을 천천히 걸어 계속해서 이동했다. 가끔 언데드가 출몰해서 한적한 곳이라고는 할 수 없지만,

큰 집단 속에 있는 한 전투 같은 건 할 필요도 없어서 이렇게 이야기꽃을 피우면서 나아가고 있다. 마음 편한 여정이다.

문제가 있다면 그 큰 집단 속에 쿠가가 섞여 있다는 것 정도다.

황량한 구릉지대를 빠져나온 도달 심도 일행은 뭉쳐서 언데드가 떠도는 어두컴컴한 숲을 걷고 있었다.

으스스한 나무들이 주위를 둘러싸듯이 우거져 있어서 시야가 굉장히 안 좋아 기습을 경계하면서 이동. 다음 층인 19층으로 가려면 이 길을 따라 쭉 가기만 하면 되기 때문에 헤맬 일은…… 가끔 있다.

"준비이이! 쏴라아!"

누군가의 수행원인 궁수 부대가 일렬횡대로 서서 바람 속성이 부여된 화살을 일제히 쐈다. 표적은 수십 m 전방에서 길을 막고 있는 수목형 몬스터, 트렌트. 크기는 10m 가까이 되는 개체도 있으며, 다가오면 긴 가지를 이용해 휘감는 공격을 해서 성가시다. 무시하고 가려고 해도 이렇게 길 한가운데를 막고 있어서 어둡고 위험한 숲으로 들어와 우회할 필요가 있다. 조난당하는 모험가가 끊이지 않는 것도 이런 이유 때문이다.

그래도 트렌트의 이동 속도는 느려서 이렇게 원격 공격을 할 수 있으면 그리 힘겨운 상대는 아니다.

일제사격에 직경 1m 정도인 트렌트의 줄기가 파이고 우직우직 소리를 내면서 꺾였다. 위력으로 짐작하면 이 궁수 부대는 레벨 20은 족히 넘었을 것이다. 보통은 나무에 화살을 쏜다고 해도 박히기만 하는데 간단히 큰 구멍을 뚫었다.

『스오우가가 데리고 있는 궁수 부대네~. 공략 클랜이라도 저 정도의 [아처]를 갖추는 건 어려워. 키우는 것도 어려운 것 같고.』

옆에서 해설해 주는 텐마의 말에 따르면 [아처]를 키우려면 아무튼 돈이 든다고 한다. 아까 전에 쓴 화살도 여기저기서 파는 평범한 화살이 아니며, 큰 부하에도 견딜 수 있도록 미스릴 합금을 가공해서 제작되었다. 저런 걸 공격할 때마다 쓩쓩 쏘면 어떤 사냥터라고 해도 지출에 맞는 수입 같은 걸 얻을 수 있을 리가 없으며 탕진은 확실하다. 그래서 [아처]의 배후에는 귀족이나 클랜 등의 후원자가 있는 경우가 많다고 한다.

반대로 키우기만 하면 이 레벨대에선 최강 직업의 일각이라고 할 수 있으니 큰 전력을 얻을 수 있게 되고 조직으로서도 평가가 높아진다. 텐마도 언젠가는 궁수 부대를 키우고 싶다며 절실하게 말했다.

『소리에 이끌려서 가까이에 있는 몬스터가 온 것 같아.』

"마랑보다는 작지만 상당히 빠르네."

『응, 게다가 영체라서 초목을 그냥 지나쳐서 와.』

화살의 충격음에 가까이에 있던 개 형태의 악령, 바게스트가 모이기 시작했다. 얼핏 보면 그냥 검은 개처럼 보이지만 영체라서 물리 내성이 있는 데다가 레이스 등과는 달라서 움직임도 재빨라 마법도 맞히기 힘들다.

자, 이제 어떻게 할까 라고 생각하면서 보고 있으니 무녀복을 입은 여자가 집단을 헤치고 앞으로 나왔다. 성녀 기관에 소속된 세라 씨의 수행원들이다. 경쾌한 멜로디를 연주하는 듯한 목소리로 마법을 영창하기 시작했다.

"자애에 찬 빛이여. 그대에게 안식을《중회복》!"

영체나 언데드 상대로는 회복 마법이 공격으로 작용해서 이 언데드 지대에서 힐러는 어태커 같은 역할도 할 수 있다. 게다가 회복 마법은 대충 조준해도 맞는 특성이 있어서 움직임이 빠른 바게스트도 문제없이 맞힐 수 있는 것이 강점이다.

하지만 회복 마법은 MP 효율이 아주 나쁘고 재사용하기 위한 쿨타임도 길어서 난발할 수 없다는 디메리트도 있다. 그걸 보완하듯이 뒤에서 다른 무녀가 나와 잇따라 회복 마법을 영창해 나갔다.

『힐러를 저만큼 모을 수 있는 성녀 기관은 어떤 곳일까.』

"세라 씨한테 물어볼 수 없어?"

『그다지 이야기해 본 적이 없단 말이지. 다음에 물어볼까~.』

아까 무녀가 쓴《중회복》도 손상된 후 시간이 그렇게 지나지 않았으면 이 하나, 손가락 하나 정도는 깔끔하게 재생시키는 효력이 있다. 당연히 의료 부문에서도 수요가 굉장히 높으며 깜짝 놀랄 만한 큰돈이 움직일 때도 있다. 그런 힐러를 권력자나 범죄 조직이 내버려둘 리가 없고, 과거에는 인간 포션으로 쓰기 위한 납치 감금이 사회문제가 됐을 정도다.

성녀 기관은 [성녀]를 지키기 위해 만들어진 조직이지만, 그러한 범죄를 당하기 쉽고 입지가 약한 힐러를 보호하고 육성하는 곳이기도 하다.

던익에서 성녀 기관과 관련된 에피소드는 세라 키쿄우 루트에서 이름과 역할이 살짝 나오는 정도라서 결국 [성녀]가 어떤 인물인지 알지도 못하고 끝난다. 세라 씨에게 물어보면 가르쳐 줄 것 같은 느낌도 들지만, 텐마는 그다지 이야기한 적이 없다고 한다. 거북하기라도 한 걸까.

일행은 그 후에도 어두운 숲속을 계속 걸어 목표 지점 일보직전인 19층에 다다랐다. 층과 층을 잇는 계단에서 200m 정도는 몬스터가 리젠되지 않는 안전지대이니 오늘은 여기서 하루 묵는다.

19층 쯤 되면 입구 광장이라 하더라도 가게 같은 건 없고, 시설은 코인로커나 간이 화장실 정도다. 이 주변에서 리젠되는 몬스터는 영체인 주제에 빠른 바게스트나 고화력 마법 공격을 쓰는 스켈레톤 메이지라서 사냥터로 쓰기에 아주 좋지 않으며, 모험가도 지나치거나 바로 앞층까지밖에 안 간다. 덕분에 입구 광장은 도달 심도 일행이 독점한 상태다.

늦은 시간에 도착했기 때문에 각자 바로 저녁 준비에 착수했다. 식사를 위해 텐마하고도 헤어지게 되었다.

귀족들은 던전 안에서도 식사는 철저하게 테이블에서 하는지 수행원이 부지런히 테이블을 조립하고 요리할 준비를 하고 있었다. 그리고 식사도 동료들끼리 담소하면서 하지 않고 혼자 먹는 경우가 많은 것 같다.

아직 귀족의 습성은 잘 모르는 부분이 많지만 체면이라는 것을 무엇보다도 소중히 여긴다는 것은 왠지 모르게 알 수 있었다.

(나도 밥 먹을 준비를 해볼까.)

매직 백에서 버너와 누에콩 형태의 반합을 꺼내 쌀과 물을 붓고 스위치를 비틀었다. 밥이 다 지어지면 데운 인스턴트 카레를 부어서 저녁밥이 완성된다. 일반 서민은 체면 같은 걸 신경 쓸 필요가 없으니 마음 편해서 좋네.

밥이 다 될 때까지 다른 사람들은 무엇을 하고 있는지 멍하니 바라봤다. 전투를 메인으로 하던 조력자들은 방어구를 벗고 열심히 무기를 손질하고 있었다. 의외로 여자가 많은 건 동행한 귀족의 성별과 맞췄기 때문일까.

그 외에는 밥을 짓거나 큰 냄비를 휘젓는 조력자도 있었다. 요리사도 분명 있을 텐데 귀족의 몫을 만드는 것밖에 본 적이 없다. 귀족 전용 요리사인 걸까.

그런 그들에게 《정화》 마법을 걸며 돌아다니는 무녀들의 모습도 보였다. 《정화》는 디버프를 해제할 목적으로 사용되는 마법인데, 옷이나 몸을 깨끗이 하는 효과도 있어서 목욕을 할 수 없을 때에 대활약하는 생활 마법이기도 하다. 조력자들 중에도 힐러가 있음에도 불구하고 쓰지 못하는 건 성녀 기관에만 전해지는 숨겨진 마법이기 때문이다. 위험한 마법도 아닌데 공개하지 않는 이유는 이권 때문인지, 무녀의 가치를 올리기 위해서인지는 모르겠다.

무녀들은 B반의 조력자까지 순서대로 《정화》를 걸었지만 나는 기다리고 있어도 걸어 주지 않고 그대로 대기 장소로 돌아가 버렸다. 조건이라도 있는 걸까.

(그래도 《정화》는 이미 배웠단 말이지.)

몰래 《정화》를 써서 몸의 청결을 유지했다. 할머니의 가게에서는 보통 스크롤을 팔고 있으니 가게에 갈 수 있담면 언제든지 누구든지 고생하지 않고 배울 수 있다. 참고로 이 마법은 피부도 고와지는지 우리 집의 여성진은 목욕을 할 수 있는데도 매일 몇 번씩 빠지지 않고 쓰고 있다.

그 외에 신경 쓰이는 점이라고 하면.

(뭐…… 내키지 않지만 일단 말을 해둘까.)

깊은 한숨을 쉬면서 힘차게 일어섰다. 사실은 마지막까지 알아차리지 못한 척하고 말을 걸지 않으려 했지만, 계속 미행당하고 관찰당하니 마음이 진정되지 않는다. 이쯤에서 결착을 짓자.

▟///////////////////////////

떨어진 곳에서 외따로 컵라면을 후루룩거리며 먹고 있는 소녀가 있었다.

어둑어둑한 지역이라 어둠에 녹아든 듯한 그녀의 갈색 피부가 보호색이…… 된 건 아니었다. 고양이귀 후드가 달린 노란색과 검은색 후드티에 숏팬츠라는 던전에서는 어울리지 않는 모습이 이상하게 눈에 띄었기 때문이다. 혹시 변장을 한 걸까.

"여어, 쿠가지. 일부러 날 쫓아온 거야?"

천천히 얼굴을 들었고, 말을 걸어온 게 나라는 걸 알자 미간을 찌푸리고 불쾌한 듯한 표정을 지었…… 지만, 라면을 먹는 건 멈추지 않았다. 근성이 있달까, 굉장히 제멋대로인 아이다.

"……언제부터 알고 있었지?"

"언제부터 알았냐고 물어봐도 말이지."

은밀 스킬을 쓰고 있었다고는 해도 그렇게 눈에 띄는 모습으로 계속 따라오면 알아차릴 줄 알았는데, 요 며칠 동안 계속 조력자 집단에 섞여 들어 동행해도 수상하게 여기는 사람은 아무도 없었다. 저 변장에도 효과가 있었던 걸까. 아니면 조력자들끼리 서로 누가 참가했는지 파악하지 않았을 가능성도 있다.

"꼬리를 드러내지 않는 건 훌륭하지만, 이런 층에서 태연한 것부터가 충분히 수상해."

"그건 쿠가도 마찬가지라 생각하는데."

이 상황에도 느긋하게 라면을 먹고 있는 사람에게 그런 말을 듣고 싶지 않다. 그리고 '내 뒤를 조사했는데 아무것도 나오지 않는 건 왜냐'고 물었다. 동생도 부모님도 슬슬 뭔가가 나올 법한 레벨이 되려 하고 있지만, 배후에 뭔가가 있는 것도 아니고 진짜 일반인이다.

하지만 이런 질문을 하는 걸 보면 쿠가가 플레이어가 아니라는 걸 알 수 있다. 만약 플레이어라면 제일 먼저 나를 같은 플레이어라 의심하고 조사할 것이다. 그리고 쿠가의 행동 이념과 사고방식도 게임에서 등장하는 그녀와 아주 비슷하니 틀림없다.

학교에선 항상 잠에 취한 눈에 의욕 없는 태도로 있지만 의외로 일을 열심히 하는 여자아이다.

(하지만 그 열의가 나에게 향하는 건 좋지 않아.)

아무래도 날 어떤 나라의 첩보원이라 단정하고 있는 모양이다. 정체를 전혀 파악하지 못하게 하는 점이 오히려 수상한 모양이다. 후드 너머로 내 머리끝에서 발끝까지 뚫어져라 보지만, 아무리 본다고 해도 뭐가 나오는 것도 아니다.

"그러니…… 이젠 간단히 그 몸에 직접 물어보기로 했어."

국물까지 다 마신 컵을 옆에 두고 허리의 홀더에서 단검을 꺼내 느릿하게 일어섰다. 설마 여기서 싸울 생각인 걸까.

"이런 곳에서 싸우고 눈에 띄면 쿠가도 곤란한 거 아냐?"

"그건 나랑 싸울 수 있는 실력이 있을 때의 이야기지. 금방 끝낼 테니까 괜찮아."

여길 향해 서면서 '심문은 길어질지도 모르지만'이라고 덧붙였다. 어떤 심문인지 아주 약간 흥미는 있는데 가능하면 살살…… 아니, 사양하고 싶다.

"어쩌면 내가 더 강할지도 모르잖아."

"그건 있을 수 없는 일이야. 내가 전력을 다하면 한방이야."

(아마 레벨이 24에 [로그]였던가.)

은밀과 위장 스킬이 풍부한 [로그]는 악용되면 피해를 헤아릴 수 없어서 국가에 충성을 맹세한 자, 또는 특수 임무에 임하는 자에게만 제한된 은닉 직업이다. 그건 일본뿐만 아니라 세계도 마찬가지. 사회에 위험을 초래할지도 모르는 정보는 국가가 철저하게 관리하는 게 이 세계의 규칙인 것 같다.

그런 [로그]인 쿠가도 물론 평범한 여고생이 아니다.

철이 들었을 때부터 던전에 들어가 수많은 전투 훈련을 받은 엘리트 중의 엘리트. 현 시점에는 세라 씨나 텐마라도 이기지 못할 것이고 상급생을 포함해도 그녀보다 강한 사람은— 뭐, 플레이어를 제외하면 없을 것이다. 그만한 실력은 있다.

"나보다 빨리 움직이면…… 칭찬해 줄게.《액셀러레이터》."

작게 웃음을 띠고 중얼거리듯이 발동시키는 쿠가. 발치에는 기동력을 높이는 바람이 휘감겼다. 처음부터 그런 스킬을 쓰다니, 조금이나마 날 경계하는 것으로 보였다.

서로 자세를 잡으면서 한 발짝씩 거리를 좁혔고, 일정 거리가 되자 쓰고 있던 모자가 남겨지고 쿠가의 몸에 옆으로 흔들렸다. 사각에서 공격해서 순식간에 결판내는 걸 노렸나. 그렇다면 나도 일격필살의 자세로 받아치자.

몸의 중심을 낮추고 손은 약간 앞으로. 이걸로— 끝내 주마!

"봐주세요!!"

고속 엎드려 빌기의 자세다. 쿠가라고 해도 적당히 나이가 찬 여자아이. 눈앞에서 자존심을 전부 버리고 엎드려 비는 남자가 있으면 버티지 못하고 주저할 것이다. 아쩌면 동요하고 겁먹을지도 모른다. 하지만 난 마음을 독하게 먹어서라도 심리전에서 우위에 서자. 자, 떨면서 마음대로 농락당하는 게——.

"아얏, 아파요!"

"무슨 속셈이지."

무방비하게 숙인 내 머리를 주저 없이 짓밟는다고? 게다가 꾹꾹 밟아 비틀어 대고 있다. 신발 바닥이 스파이크처럼 돼있어서인지 울퉁불퉁해서 아주 아프다. 여왕님 기질이라도 있는 게 아닐까.

일단 이야기를 하고 싶으니 들어주세요 라고 몇 번 애원해 봤지만 발로 꾹꾹 밟는 건 멈추지 않았다. 의욕이 사라졌다면서 발을 치워 준 건 그로부터 10분 정도 지난 뒤의 일이었다.

"훌륭하십니다!"

"역시 스오우 님!"

"빼어난 칼 솜씨였습니다."

공중에서 바게스트가 3분할되어 안개처럼 흩어지고, 딸그락 소리와 함께 마석이 땅에 떨어졌다. 그에 맞춘 듯이 주위에서 박수와 환호성이 일었다.

아침 일찍부터 스오우가 칼이 잘 드는지 시험해 보러 가겠다는 말을 꺼내서 자고 있던 조력자들은 영문도 모르고 깨서 억지로 아첨꾼 노릇을 하고 있는 것이다. 안타까운 일이다.

그런 스오우 일행의 모습을 나와 텐마, 쿠가, 이렇게 세 사람이 메이드 씨가 끓여준 차를 홀짝이면서 견학했다.

『큰소리치는 만큼 칼 솜씨만은 뛰어나단 말이지~.』

"……저런 건 평범하지. 하지만 자세가 뭔가 이상해."

반짝반짝하게 닦인 풀 플레이트 메일을 입은 텐마가 가시 돋친 칭찬을 하자 **검은 옷**을 입은 쿠가는 뭔가 위화감이 느껴진다고 말했다.

확실히 텐마의 말대로 검을 쓰는 솜씨는 훌륭했다. 달려들려고 하는 움직임을 예측해서 한 번 벤 후에 박은 칼끝을 바로 반전시켜 베는 '츠바메가에시' 같은 기술은 보고 따라할 수 있는 곡예가 아니다.

스오우는 칼을 오른손으로만 다루고 왼손은 상대의 공격을 쳐내기 위해 쓰는 육체 강화를 전제한 검술 스타일을 쓰고 있었다. 검도 마법도 병용할 수 있어서 던익 플레이어에게도 인기 있는 자세다. 애초에 스오우는 '검술을 쓰는 [위자드]'라서 저 자세를 취한다고 해서 딱히 이상한 점은 없으며, 오히려 자연스럽다고 할 수 있다.

하지만 주위 사람들에게는 검사로 여겨지고 있으며, 아까 전에도 마법 같은 건 쓰지 않고 왼손을 놀게 두고 오른손에 든 칼로만 싸웠다. 쿠가는 그런 모습에서 위화감이 느껴진다고 말하고 있는 것이다. 검과 마법을 병용하는 던익의 전술을 모르면 어중간한 자세라고 생각하는 것도 무리는 아니다.

『저 칼도 상당히 좋단 말이지~. 국보급이 아닐까.』

"……분수에 안 맞아."

도신을 보니 희미하게 빛을 발했고 하얀 안개도 어렴풋이 껴있었다. 신성 속성 인챈트가 걸려있을 것이다. 그렇지 않으면 영체인 바게스트를 난도질하는 건 불가능하다.

인챈트 웨펀은 30층 이후의 층에서 입수하는 게 일반적인데 일본에선 32층까지밖에 공략되어 있지 않으며 갈 수 있는 자도 한 줌밖에 안 된다. 입수할 수 있는 수량도 극히 제한되어 있다. 그 결과, 거래 가격이 터무니없다.

스오우의 부모는 대귀족일 뿐만 아니라 수많은 기업을 지배하에 둔 대자본가이기도 하다. 그렇다고 해도 팔면 대저택을 지을 수 있을 정도로 비싼 물건을 고등학생에게 쉽게 사주는 건 어떻게 생각해야 할까. 그것도 서민의 질투에 불과하겠지만.

『뭐, 그래도 나라면 이길 수 있어. 파고들 틈은 얼마든지 만들 수 있을 것 같으니까.』

"나도 이길 수 있어."

『E반인 넌 아무래도 어려울 거라 생각하는데~?』

"……쉬워. 덧붙여 말하자면 너라도 나한테는 못 이겨."

텐마가 헬름 너머로 쿠가를 노려봤다. 지금은 텐마의 직속 집사로 숨겨 주고 있으니 너무 실례되는 말은 안 했으면 좋겠는데. 이거 봐라, 뒤에 있는 메이드 씨도 살기를 뿜기 시작했잖아.

왜 상황이 이렇게 됐느냐 하면, 어젯밤— 머리를 밟혔을 때까지 거슬러 올라간다.

▰////////////////////////////

"동맹을 맺는다니…… 왜."

"날 조사하고 싶은 것도 배후에 뭔가 있을 거라 생각했기 때문이잖아."

난 켕기는 것 따위는 없—는 건 아니지만, 내가 플레이어이고 이 세계가 게임이라는 말을 해도 머리가 딱한 아이로 취급당할 뿐이고, 설령 믿어준다고 해도 신뢰 관계를 구축하지 못한 현재로서는 서로에게 위험할 뿐이다.

그래도 '아무 말도 할 수 없다'라고 해 버리면 이야기가 이어지지 않고 끝나 버리니 흥미를 끌기 위해 '어떤 비밀'은 가지고 있다고 밝혔다.

"그 비밀을 지금부터 네 몸에 물어볼 생각인데."

"일단 이 발을 치워 주지 않을래? 말하기 어려운데……."

땅바닥에 머리를 비비며 애원하는 포즈로 대항했더니 주저 없이 내 머리를 밟은 쿠가. 밟는 힘은 적당히 조절하고 있는 것 같지만, 꾹꾹 비트는 듯이 밟히고 있으니 뭐라 형언할 수 없는 배덕감이 올라온다.

제대로 이야기를 하고 싶으니 발을 치워 달라고 엎드려 비는 자세로 10분 정도를 들여서 교섭해서 겨우 머리를 들 수 있었다. 하마터면 뒤통수의 머리카락이 다 빠질 뻔했다고.

(자 그럼. 무슨 이야기부터 해볼까.)

날 싸늘한 눈빛으로 째려보는 이상한 차림의 소녀는 일본의 모험가 관련 정보를 모으기 위해 출신과 경력을 위조하고 모험가 학교에 숨어든 미국의 첩보원— 스파이다.

미국이 일본의 정보를 모으고 있는 건 이 세계에서 일본과 미국의 사이가 나쁘다는 이유도 있지만, 첩보 활동 같은 건 전 세계가 하고 있으니 딱히 이상한 건 아니다. 일본도 세계 각국에 스파이를 보내 정보를 마구 모으고 있을 것이다. 어쨌든 모험가 정보라는 건 국가 안전 보장에 있어서 가장 중요한 팩터니까.

예를 들어 컬러즈 같은 톱 모험가 집단이 길거리에서 진지하게 날뛰었다고 해보자. 물론 인공 매직 필드 장치를 써서 말이다. 그러면 어떻게 되는가.

한 손으로 수백 kg을 들어올리고, 100m를 몇 초 만에 달리고,

스킬을 쓰면 집 한 채 정도는 두 동강이다. 거기에 총탄도 제대로 박히지 않는 초인들. 이런 녀석들을 상대로 싸우려면 동등한 모험가를 붙이거나 전차포나 미사일을 비처럼 쏟아붓는 수밖에 없다. 사람이 많은 곳 한가운데서 그런 사태가 벌어지면 대참사다. 그리고 문제는 이런 일이 실제로 세계에서 일어나고 있다는 것이다.

그렇기에 각국은 모험가 정보를 혈안이 되어 수집하고 있다. 어느 나라, 또는 조직에 어느 정도의 실력자가 있으며 능력과 사상은 어떤가. 쿠가도 그런 정보를 빠짐없이 수집해서 본국에 보고하고 있을 것이다.

물론 부과된 역할은 그뿐만이 아닐 것이다.

일본에는 고유 직업인 [사무라이]나 세계에 겨우 몇 명밖에 없는 [성녀]에 관한 정보 등 초대형 국가 기밀이 있으며 공략 클랜의 정세와 모험가 학교의 육성법, 학생의 개인 정보 등 다방면에 걸친 정보 수집 지령도 내려오고 있을 것이다. 아침에 기분이 안 좋을 때는 본국과 연락하느라 바빠서 잠이 부족했을 것이다.

그런 쿠가와 동맹을 맺는다는 것은 리사나 사츠키처럼 함께 싸우는 관계가 된다는 의미가 아니다. 학교생활을 하면서 혼자서는 움직이기 어려운 상황에도 서로 도와주거나 알리바이를 만들자는, 공범이 되자는 제안이다.

"그건 네가 믿을 수 있고 쓸 만한 사람인지 아닌지가 중요한 판단 요소가 되지."

"그래도 말이야, 이번에도 멋대로 반 대항전에서 빠졌잖아? 카오루와 모두가 화내고 있을 거라고. 나랑 말을 맞춰서 '같이 마석을 모으고 있었다'라고 하기만 해도 상당히 편해지지 않을까."

"······편해지긴 할지도 모르겠군. 근데 네 목적은 뭐야."

내 목적이라. 물론 있다. 그건 '쿠가의 반란'이라 불리는 이벤트에 대처하는 것이다.

쿠가와 친해지고 메인 스토리를 진행해 나가면 조직을 배신하고 주인공의 동료가 되는 시나리오에 돌입한다. 그때 미국에서 위험한 놈들이 숙청을 위해 일본에 오는데, 이 녀석들을 요격하면 모험가 학교를 포함한 이 일대는 전쟁터가 돼서 완전히 파괴돼 버린다. 대화로 해결 같은 걸 할 수 있을 리가 없으니 쿠가 루트로 들어가면 이 파멸적인 미래는 거의 피할 수가 없다.

반대로 쿠가를 공략하지 않고 방치해 두면 암살과 첩보, 파괴공작 등 뭐든지 하는 위험한 적 캐릭터가 돼버린다. 이렇게 되면 더는 돌이킬 수 없어서 쓰러뜨리는 수밖에 없는데, 은밀 스킬이 가득한 그녀를 찾는 데도 시간이 걸리고 찾는 동안에 여기저기가 파괴당해 이 루트도 피해가 커진다.

이 모든 결과를 저지하는 간단한 방법은 '당장이라도 쿠가를 죽여 버리는 것'인데······ 현재의 나로서는 위험이 크고 무엇보다도 그런 강경책은 절대로 쓰고 싶지 않다.

눈앞에 있는 소녀는 비극의 히로인이다. 고아로 태어나 철이 들었을 때부터 던전에 투입되어 철저하게 전투만을 배워, 행복이라는 것을 모르는 기계 같은 인간이 되었다. 그러지 않으면 살아남을 수 없을 정도로 가혹한 어린 시절을 보냈기 때문이다.

하지만 우연한 계기로 주인공과 손을 잡게 되어 사랑을 알게 되고, 닥쳐오는 과거와 현실을 극복해 많은 사람에게 희망을 줄 수 있는 강한 인간이기도 하다. 그 클라이맥스 신은 눈물 없이는 볼 수 없으며 던익에서도 명장면 랭킹 상위에 들어갈 정도다.

그런 그녀를 배제하는 건 당치도 않은 일이다. 던익을 사랑하는 플레이어라면 그녀를 구하는 것 이외의 선택은 있을 수가 없다. 그렇다, 난 구하고 싶은 것이다.

그러니 그 대답은——.

"너의— 미소야."

"……역겨워."

평소에는 겁먹지 않는 대담한 쿠가조차 자기도 모르게 한 발 물러설 버릴 정도의 웃음을 지어 어떻게든 얼버무리고 화제를 바꾸기로 했다.

"어쨌든. 이후를 생각해서 짧은 기간만이라도 좋으니까 손을 잡는 편이 이득이라 생각해."

"뭔가 이야기를 얼버무리는 느낌이 드는데…… 싸울 마음이 없는 건 알았어. 하지만 조사는 계속하겠어."

이대로 빈손으로는 돌아갈 수 없다며 내 바로 옆에서 관찰을 속행하겠다고 하시는 쿠가 씨. 하지만 19층에서 E반 학생을 한 명 더 추가하겠다는 말을 할 수 있을 리가 없는데.

어떻게 할지 하룻밤 골치를 썩인 결과——.

다음 날 아침. 다시 말해서 지금으로부터 1시간 정도 전에 검은 옷을 입은 사람에게 둘러싸인 텐마와 상담하여 쿠가를 직속 호위로서 집사 동료로 끼워줄 수 없냐며 부탁한 것이다. 집사장인 메이드 씨는 날 원수처럼 째려보면서 반대했지만, 주인인 텐마가 OK해 줘서 억지로 구슬릴 수 있었다.

전부 계획대로. 한 건 해결…… 이 아니라, 그렇게 잘 되지는 않았는데.

『지금 넌 내 전속 집사잖아. 그 태도는 어떤가 싶은데~.』

"내가 더 강하다고 솔직하게 말하고 있을 뿐이야."

자못 '당연한 말을 했을 뿐'이라며 개의치 않는 쿠가에게 한번 해보겠냐며 째려보는 텐마. 멀리서 관찰하는 집사들도 안절부절 못했다. 좀 더 분위기를 파악하고 말을 했으면 하는데.

『뭐~ 나보다 강할 리가 없으니까. 재밌는 농담이라 생각하고 용서해 줄까나~.』

너그럽게 봐주겠다며 가슴을 펴고 아량을 베푸는 텐마. B반뿐만 아니라 A반의 귀족조차 서민은 쉽게 깔보는 태도로 대하지만, 그녀는 대범하고 참을성이 많으며 누구를 대해도 눈높이를 맞추고 이야기해 준다. 정말 희한한 귀족이다.

하지만——.

"농담 같은 건 안 했는데."

또다시 분위기를 파악하지 않고 말해 버려 팽팽한 분위기가 감돌았다. 물과 기름 같은 두 사람을 앞에 두고 이 앞을 기다리고 있는 여정을 상상한 난 조용히 떨 수밖에 없었다.

제19장 ✦ E반의 현재 상황 ②

―― 타치기 나오토 시점 ――

반 대항전 4일차.

아침에 막 발표된 반 성적 데이터를 단말기에 불러와 상위 반과 E반의 현재 상황을 훑어보고 전반전을 종합했다. 결론부터 말하자면 현시점에는 크게 뒤쳐져서 최하위.

(게다가 D반과 차이가 벌어졌어.)

반 대항전의 시험 장소는 날이 지날수록 깊은 층으로 옮겨간다. 우리 지정 퀘스트 그룹도 이미 5층이 메인 전장이 되어 오크와 고블린 상위종과의 전투에 시간을 빼앗겨 자유롭게 움직일 수 없게 되어 가고 있다. 평균 레벨이 낮은 E반은 앞으로 더더욱 불리해져 갈 것이다.

그렇기에 4일차까지 D반 이상의 점수를 원했는데…… 손에 있는 데이터를 보면 목표에 전혀 이르지 못했고 종목에 따라서는 눈을 돌리고 싶을 정도로 비참한 상황이었다.

"마지마의 보고로는 나름대로 몬스터를 잡아서 점수도 벌고 있었을 텐데, 상위 반하고의 차이가 전혀 줄어들지 않는 건 대체 어째서지……."

"D반의 지정 몬스터 토벌 그룹은 카리야 군이 이끌고 있었던가. C반을 웃돌다니 대단하네~."

단말기를 고속으로 탭하면서 상황을 확인하던 참모 닛타가 미소를 지으면서 평소와 같은 부드러운 말투로 반응해 줬다. 이 어렵고 절망적이라고도 할 수 있는 싸움 속에서 평정심을 잃지 않을 수 있었던 건 냉정하고 침착한 닛타가 있어준 덕분이다. 고맙다는 말밖에 안 나오지만, 그건 제쳐 두고.

D반은 카리야를 포함한 정예를 도달 심도에 모을 줄 알았지만, 마지마의 지정 몬스터 토벌 그룹과 싸움을 붙이는 작전으로 나왔다. 유우마를 쓰러뜨린 카리야의 실력은 보통이 아니며 C반을 상대로도 호각 이상으로 싸우고 있다는 것도 납득이 갔다.

하지만 E반의 정예를 모은 종목이 못 쓰게 된 건 굉장히 뼈아프다. 이 영향을 최소한으로 하려면 어떻게 해야 하는가.

"마지마네 지정 몬스터 토벌 그룹은 내일부터 7층의 몬스터도 토벌 대상이 되겠군."

"D반을 따라잡을 가망이 거의 없으면~ 전체 마석량 지원으로 돌리는 편이 좋으려나."

6층에서도 상당한 페이스로 계속 잡고 있는 마지마 일행이라면 7층이라 하더라도 사냥을 계속할 수 있을지도 모른다. 하지만 7층은 시야가 안 좋은 숲 지역인 데다가 마랑이 난입하기 쉬워서 경험이 없으면 위험도 급증한다. 6층과 7층은 사냥 난이도에 하늘과 땅만큼의 차이가 있는 것이다.

그 위험성을 감수하면서 무리하게 사냥을 강행한다고 하더라도 카리야가 이끄는 D반을 따라잡을 가능성은 한없이 낮다. 그렇다면 닛타의 말대로 지정 몬스터는 버리고 다른 종목에 거는 편이 더 나을 것이다. 마지마와 모두에게 이 판단은 굴욕적이겠지만 반을 위해 받아들여줘야만 한다.

"그럼 마지마에겐 내가 전해 두지……. 후우. 다음으로 유우마와 지정 포인트 도달 그룹인데, 이쪽도 절망적이다. 부상자까지 나왔어. 게다가 D반의 조력자가 이 종목을 돕고 있다는 게 방금 전에 확정되었다."

"역시 몬스터를 책임지고 있었던 걸까~?"

지정된 포인트에 도착한 순서를 겨루는 종목으로 D반은 경로에 있는 몬스터를 잡고 있다고 볼 수 없는 속도로 몇 번이나 순위를 올려왔다.

반드시 내막이 있을 거라며 유우마가 조사를 해보니, 동일 클랜으로 보이는 여러 인물을 확인했다고 한다. 그 조력자의 사진도 나에게 보내 줬으니, 정보를 공유하기 위해 닛타의 단말기에 사진을 송신했다.

"이 가슴에 달려있는 태양 마크 말인데, 소렐이 분명하네~."

"소렐인가…… 흠. 그리고 또 하나, 카오루가 보낸 이 사진도 봐줘. 이 남자다."

어제 사쿠라코의 그룹이 오그 로드 몹몰이에 휩쓸린 사건이 있었다. 그 몹몰이를 하고 있었던 것으로 보이는 인물의 사진을 카오루가 보냈다.

아까 전에 유우마가 보낸 사진과 비교해 보니 복장은 달라도 얼굴이나 헤어스타일의 특징이 일치하는 남자가 있다는 걸 알 수 있었다. 달리면서 촬영해서 그런지 조금 흔들려서 단정은 할 수 없지만 동일인물일 가능성이 굉장히 높다.

"역시~ 어제의 몹몰이는 작위적으로 몰아온 거겠지?"

"그래. 그렇게 생각하는 게 자연스러워."

몹몰이 자체는 딱히 희귀한 일이 아니다. 도망칠 때 불행이 겹쳐 몬스터가 몰리는 일은 일상다반사이기 때문이다. 하지만 사쿠라코 일행이 있었던 곳은 오크 로드가 출몰하는 구역으로부터 2km 이상이나 떨어져 있다. 도망친다고 해도 그렇게 긴 거리를 끌고 올까.

그 전에 몹몰이를 하던 소렐의 남자는 지원 대상인 D반에서 떨어져, 그곳에서 대체 무엇을 하고 있었는가. 우연히 오크 로드 방까지 가서 몹몰이를 했다고 생각하긴 어렵다. 어떻게 봐도 고의로 끌고 와서 부딪치게 한 것이다.

고의 몹몰이는 악질적인 살인 미수 사건으로 실형을 받을 수 있는 중죄이기도 하다. 이건 모험가 자격을 딸 때에 누구든 배우는 일반 상식이고, 적어도 공략 클랜에 소속된 자가 모를 리가 없다. 어제는 수십 마리의 오크가 사쿠라코 일행 앞에서 일제히 풀렸났다고 하니 운이 안 좋았으면, 아니, 평범하게 사망자가 생겨도 이상하지 않을 상황이었다. 용서할 수 없는 짓이다.

"근데 이 단계에 그렇게까지 하는구나~. 예상 밖이었을지도. 무슨 일이 있었던 걸까."

"이 사진을 보고해야 할까."

"음~. 피해가 생기지는 않았으니까 추궁하긴 어려울 거라 생각하는데~?"

확실히 피해는 생기지 않았다. 하지만 그건 타이밍 좋게 이쪽에도 '조력자'가 와줬기 때문이다. 어떻게든 응징하고 싶다는 마음은 있지만, 피해가 없으면 입건이 안 될 가능성도 있다. 헛수고는 피해야 하는가.

그리고 이 궁지에서 구해 줬다는 사람도 어떻게 해야 하는지 생각해야만 한다.

겉모습은 목제 가면에 너덜너덜한 가죽 망토를 입은 몸집 작은 여자 같지만, 오크 섬멸 속도를 보면 적어도 레벨 10. 어쩌면 레벨 15에 이를지도 모르는 실력자라는 게 카오루의 견해다.

다만 그 인물은 가까이에 서있어도 존재감이 극도로 희박해서 눈을 떼면 어디에 있는지 알 수 없어진다는 이상 보고까지 딸려왔다. 뭔가 매직 아이템을 쓰고 있을 가능성이 높다. 어딘가의 부대, 혹은 유명한 공략 클랜에 소속된 모험가일까. 어쨌든 주위에 있는 평범한 모험가가 아니라는 것은 확실한 듯하다.

"오오미야한테서는 이 가면을 쓴 인물에 대한 정보는 안 들어왔나? 아는 사이라는 말은 들었는데."

"정체를 캐지 않는다는 조건으로 도우러 와준 거야. 그러니까 비 · 밀 ♪"

닛타는 분위기가 느슨한 것에 비해 가드가 단단해 아무래도 정보를 주지 않는다. 그 정도의 강자가 우리에게 가세해 준다면 지금부터라도 다양한 수단을 쓸 수 있는데. 지켜보러 와준 것만으로도 안전성이 증가했다고는 해도 이대로 놀게 두는 건 너무 큰 낭비다.

“그리고 말이야~. 조력자의 힘으로 D반에게 이겼다고 하더라도 A반한테 이기는 건 덧없는 꿈이야.”

(큭…… 생각을 읽히고 있었나.)

하지만 닛타의 말대로일지도 모른다. 실제로 싸워보고 안 것인데 카리야가 이끄는 D반과의 실력 차를 인식하기 싫어도 인식하게 되었다. 설령 소렐이 조력자로서 나타나지 않더라도 이기는 것은 어려웠을 것이다. 실력도 없는데 조력자의 도움으로 D반에 이겼다고 해도 그 지위는 사상누각에 불과하다.

그렇다고 해서 이번 시험을 포기해도 좋다는 건 아니다. 이기지는 못하더라도 반격할 수 있다면 다음으로 연결할 희망이 되기 때문이다. 그건 열등하다고 업신여김 당한 우리에게 가장 필요한 것이기도 하다.

“후훗. 우린 아직 더 할 수 있지~?”

“물론이다. 설령 유우마와 마지마 일행이 해내지 못한다고 해도 아직 활로는 있어.”

당초의 작전의 기둥이었던 유우마와 마지마 그룹의 실패는 인정해야만 한다. 우리가 어떤 작전을 입안한다 해도 이 두 종목에 역전할 가능성은 없을 것이다. 하지만 예상 외로 잘 된 일도 있다. 그 몹몰이 결과, 레벨 6 마석이 대량으로 들어온 것이다.

원래라면 그만한 마석을 모으는 데 전체 마석량 그룹이 전부 나서도 하루는 꼬박 걸린다. 위험한 일을 당하긴 했지만, 이걸 활용하지 않을 순 없다. 다행히 다친 사람도 없고 마석 수집도 속행할 수 있다고 들었으니, 마지마 일행이 지원하게 해서 승부할 가치는 충분히 있을 것이다.

우리 지정 퀘스트도 현재로서는 D반을 따라붙고 있다. 닛타가 퀘스트 내용을 예측해서 앞지른다는 신기에 가까운 일을 해내고 있기 때문이다. 학교가 지정하는 퀘스트에 어떤 규칙성이 있는지는 모르고 닛타가 얼버무려서 진상은 불명하지만 이대로 그녀의 조언에 따라서 효율적으로 점수를 쌓아 나가면 승기도 잡을 수 있을 것이다.

"그리고 뭔가 잊어버린 것 같지만, 뭐, 됐어. 아침을 다 먹으면 바로 다음 준비를 하지."

"그래. 근데 소타는 어디까지 갈 생각인 걸까……."

남은 시간은 앞으로 3일. 1종목만이라도 좋다. D반에 이길 수 있도록 우리가 할 수 있는 일을 최대한 할 뿐이다.

"사쿠라코, 멤버는 어때?"

'조금 진정된 참이에요. 하지만 오크 로드가 있는 층은 무섭다고 해서 4층에 돌아가기로 했어요.'

"……그래."

사쿠라코의 그룹이 거대 몹몰이에 말려들어 버렸다. 멤버는 기적적으로 모두 무사했다고는 해도 공포는 남는다. 자기보다 강한 몬스터의 살의를 한 몸에 받으면 이후에도 별일 없이 사냥을 속행하는 건 어려울 것이다.

죽음을 각오해야만 하는 상황이 몰리면 한계를 극복하고 강해지는 사람은 있다. 하지만 대부분의 사람은 공포에 움츠러들기 마련이다. 몹몰이는 그 정도로 절망적인 상황을 만들어 냈다.

4층으로 돌아가게 되면 마석 수집 효율이 떨어져 버리지만 어쩔 수 없을 것이다. 우선은 시간을 두고 조금이라도 자신감을 되찾고 재기할 수 있도록 기도하는 수밖에 없다.

"우린 한동안 5층에서 사냥을 계속할 거야. 조력자도 와줬으니까."

'네. 하지만 그 사람…… 아니에요, 알겠습니다. 무슨 일 있으면 바로 연락해 주세요. 서로 힘내요.'

“그래, 사쿠라코도.”

아침의 정시 연락을 끝내고 통화를 끊었다. 한 번 꺾여 버린 그룹을 다시 가다듬는 건 힘들겠지만, 현명하고 상냥한 사쿠라코라면 대응에 실패하지 않고 잘 해줄 것이다. 그건 그렇고——.

(저 사람은 누구일까.)

오오미야 바로 옆에 바싹 붙어서 앉아 있는 몸집이 작은 모험가. 인상에 남기 어려운 수수한 모습과 날씬한 외관을 봐서는 상상도 할 수 없을 정도의 전투 능력이었다. 오오미야가 불렀다고 했는데 저 정도의 실력자와 어떻게 알게 된 걸까.

어제의 몹몰이가 어떻게 시작되고 어떻게 결말이 났는지, 지금도 선명하게 기억하고 있다.

우리는 이끌리듯이 그곳으로 가서 오크 로드가 이끄는 수십 마리 규모의 몹몰이에 조우했다. 멀리 뿔뿔이 흩어져 도망치는 사쿠라코 일행이 보였을 때의 일이다.

“하야세, 모두를 부탁할게!”

오오미야는 그렇게 말하더니 단검을 뽑아 저 속으로 달려갔다. 이렇게 긴급할 때에 속전속결의 행동력. 난 동요해서 꼼짝 못했는데 리더로서의 기량 차이를 느끼고 말았다. 하지만 지금은 그런 걸 신경 쓸 때가 아니다.

“애들아, 여기야!”

피난 유도를 끝내면 나도 바로 달려가야 한다. 레벨 5인 그녀로서는 일부 오크를 유인하는 것만으로도 벅찰 것이다. 지금은 내가 결사의 각오로 뛰어들어 오크 로드를 유인해야 한다. 그러지 않으면 저건 막을 수 없다.

서둘러 그룹 멤버를 모아서 하나로 뭉쳐 곧장 입구 광장으로 가도록 지시했다. 그리고 여기서 무슨 일이 일어났는지 학교와 모험가 길드 양쪽에 신고하라고 말해 뒀다. 이 이상 피해를 확대시키지 않기 위해서다.

다음으로 몹몰이가 발생하고 있다는 상황 증거를 지원 센터에 보내야 하니 달리면서 팔 단말기의 카메라를 켰다. 오크 로드가 눈에 핏발을 세우고 쫓고 있는 저 남자가 몹몰이를 시작한 장본인일 것이다. 책임 문제가 될 가능성이 높아서 절대로 놓쳐서는 안 된다.

사진을 몇 장인가 찍고 있으니 엄청난 속도로 오크에게 돌진하는 오오미야가 보였다. 무리의 대부분을 구성하는 저 '무구를 두른 오크'는 오크 로드가 불러낸 특별한 상위 개체이며 6층에 나오는 마랑보다 더 강하다고 알려져 있다. 그런데도 그녀는 둘러싸여서 살의를 느낄 텐데도 두려워하지 않고, 질리지 않고 차례차례 베어서 쓰러뜨렸다.

(대, 대단해!)

오크의 검을 코앞에서 피하고 엇갈리자마자 반대 방향으로 회전하며 단검으로 한 번 베었다. 주위의 오크들도 뒤에서 온 습격을 알아차렸는지 포효와 함께 잇따라 검을 치켜들고 쇄도했다.

그 수는 십여 마리. 그 많은 검을 누비듯이 피하면서 유리한 거리를 유지하며 한 마리씩 냉정하게 반격을 해나가는 냉철하면서 경이로운 움직임.

던전 전투에서는 다수의 아군이 한 마리의 몬스터를 치는 게 절대적인 이론이다. 보통 모험가는 압도적 다수를 상대로 전투한 경험 같은 건 없어서 익숙할 리가 없다. 그런데 목숨이 달린 이런 고비에 저 정도의 싸움을 펼칠 줄이야. 나도 저건 흉내 낼 수 없다.

필요한 사진을 다 찍고 조금이라도 오크를 줄이려고 나도 칼을 뽑아 무리 뒤쪽에 붙으려고 했─지만, 전방에 미처 도망치지 못한 반 친구가 공포에 질린 나머지 웅크리고 있는 게 시야에 들어왔다.

바로 근처까지 오크 로드가 육박해 있다!

사악한 웃음을 띠면서 살의에 찬 《오라》를 흩뿌리는 오크의 왕. 일류 모험가가 아니면 맞서는 건 고사하고 상대할 수조차 없는 최고로 흉악한 몬스터. 지금까지 얼마나 많은 모험가가 저것에 마음을 꺾이고 매장당해 왔던가.

수십 m나 떨어져 있는데도 몸이 떨렸다. 과연 저것과 맞설 수 있을까. 그래도 가야만 한다. 내가 가지 않으면 저 아이는 당장이라도 목숨을 잃고 만다. 떨리는 다리에 힘을 불어넣고 이를 악물고 달리기 시작했다.

몇 마리와 교전 중인 오오미야도 반 친구의 위기를 알아차렸는지 억지로 몬스터 무리의 한가운데를 돌파하려고 했다.

하지만 오크 로드는 이미 그 아이의 눈앞까지 다가와 거대한 곤봉을 치켜들고 있었다. 이젠 늦──.

쾅!!

(──어, 뭐지? 대체 무슨 일이 일어난 거지?!)
갑자기 오크 로드의 거구가 둔탁한 소리와 함께 바로 옆으로 튕겨 나갔다. 그대로 공중에서 회전하면서 10m 정도의 거리에 있는 암벽까지 날아가 격돌. 그렇게 마석으로 변했다.
곧바로 주위에 있던 오크들이 오크 로드와 마찬가지로 차례차례 튕겨나가거나 난도질당했다. 잘 보니 오크 집단 한가운데를 고속으로 돌아다니는 검은 그림자가 있었다. 오크들은 지척에서 무슨 일이 일어나고 있는지 이해하지 못한 모양인지 심하게 동요하며 침착함을 잃었다.
그림자는 그런 건 상관하지 않고 더욱 가차 없이 베어 나갔고, 1분도 안 되어서 수십 마리나 있었던 오크 집단은 한 마리도 남김 없이 구축되었다. 그 끝에는 가면을 쓰고 누더기 망토를 두른 작은 모험가가 우두커니 서있을 뿐이었다.
압도적인 힘을 봐서 무심코 움츠러들어 버렸지만 적은…… 아닐 것이다. 그 증거로.
"와줬구나! 고마워~!"
오오미야가 곧장 달려가서 웃는 얼굴로 가면을 쓴 모험가를 맞이하며 안았다. 모험가도 똑같이 안겼으니 분명 친한 사이일 것이다.

발 아래에는 수십 개나 되는 마석이 반짝이고 있어서 방금 전까지의 지옥이 환상처럼 느껴졌다.

이게 어제 일어난 일의 자초지종이다. 잘못하면 대참사가 일어날 뻔했지만 오오미야와 조력자 덕분에 모두 무사하다.

지금 생각해 보면 몬스터가 사냥되어 있었던 것도 우릴 그곳으로 끌어들이기 위한 함정이었을지도 모른다. 몹몰이를 하던 남자는 도망쳐 버렸지만 증거사진은 찍었으니 나오토에게 상황을 보고하면서 데이터를 송신하고 판단은 맡기기로 했다.

(저 사람에 대한 보고는…… 어떻게 하면 좋을까.)

위험에서 구해진 가면의 모험가는 휴식장소 한구석에서 오오미야와 어깨를 맞대고 사이좋게 과자를 먹고 있었다.

가면과 낡은 로브로 몸 전체를 가리고 있어서 체격으로 판단하는 수밖에 없는데, 아마 여자일 것이다. 얼핏 본 느낌으로는 중학생 정도로 보이고 로브 속에는 거무스름한 가죽 갑옷과 장갑—마랑 방어구를 착용하고 있을 뿐이라 전혀 강하다는 느낌은 들지 않는다.

그래도 거구의 오크 로드를 가뿐하게 날려 버리고, 상위 개체 오크를 일격에 가르고 수십 마리 규모의 거대한 무리를 순식간에 궤멸시킨 건 꿈도 환상도 아니다. 그 정도의 강자인데도 찾으려고 하지 않으면 눈앞에 있는지 없는지 알 수 없게 되는 희박한 존재감. 모든 것이 뒤죽박죽이라 정체를 전혀 알아낼 수 없다. 저 방어구도 마랑제로 보일 뿐이지 사실은 강대한 힘이 숨겨져 있는 걸까.

오오미야가 부른 조력자라고 소개를 받아서 인사하기 위해 쭈뼛거리며 말을 걸었지만 얼굴을 돌리고 무시했다. 의외로 수줍음이 많은 사람일지도 모른다.

그리고 오오미야에게도 의문이 있다. 적어도 뭔가 숨기고 있을 것이다.

가면의 모험가 정도는 아니라고 하더라도 그때의 움직임과 속도는 레벨 5 수준이 아니었다. 우리 반에서 가장 강하다고 하는 유우마보다 뛰어나다고 해도 납득할 수 있을 정도로. 왜 저 정도의 힘을 숨기고 있는 걸까.

교실에서는 그렇게 자주 이야기하는 사이는 아니지만 누구에게나 성실하고 붙임성이 좋아 소타와도 친하게 지낼 수 있는 인격자라는 건 알고 있다. 그래서 오오미야도, 그리고 그녀가 믿고 부른 가면의 모험가도 믿어도 좋다고 생각하고는 있다.

그리고 이상한 점이 있다고 해도 추궁은 나중에 하면 된다. 어쨌든 지금은 반 대항전을 전력으로 극복해야만 하니까.

(……그런데.)

저 가면의 모험가. 가끔 내 쪽을 물끄러미 바라볼 때가 있는데 이유가 뭘까.

'그래서 말이야, 진짜 아슬아슬하게 카노가 와줬어.'

'오늘도 왔어~!'

사츠키와 가면을 쓴 채로 있는 카노와 그룹 채팅. 쾌활한 어투로 어제 있었던 일을 전해 주고 있는데 내용은 심각하다.

(몹몰이로 MPK까지 시도하다니…….)

핑크가 있던 전체 마석량 그룹이 몹몰이에 휘말렸다고 한다. 평균 레벨이 5도 안 되는 그룹에 오크 로드 같은 걸 붙이면 어떻게 되는지는 누구든지 예상할 수 있을 텐데.

처음엔 고등학생의 시험에 조력자가 온다고 하더라도 괴롭히는 정도로 자제할 줄 알았다. 게임에서도 그랬기 때문이다. 하지만 상대가 한 짓은 MPK, 즉 살인 미수. 장래를 보고 노력하고 있는 고등학생에게 어른이 무슨 짓을 하는 건가.

그리고 리사가 보내 준 몹몰이를 주도했다는 사진 속의 남자는 본 적이 있다. 언젠가 7층에서 카노의 다리에 상처를 낸 남자다. 배후에 소렐이 있는 건 틀림없다. 설마 우리 반에도 공격을 할 줄이야.

이런 악질적인 짓을 해도 소렐이나 상위 단체에 피해가 안 갈 거라고 우습게 보고 있는 건가. 아니면 증거만 없으면 무슨 짓을 해도 상관없다는 생각인 걸까. 어쨌든 이렇게까지 한 이상 더는 그냥은 넘어갈 수 없다. 그보다 이런 도덕이 조금도 없고 유해하기만 한 클랜은 빨리 없애야 할 것이다.

소렐은 언젠가 부술 예정이었지만, 내버려두면 시험을 한창 치는 중에도 무슨 짓을 할지 알 수 없다. 표적이 된 전체 마석량 그룹에는 호위를 붙여 둬야 하나. 나도 20층에 도착하면 바로 돌아가는 편이 좋겠지.

"카노, 시간이 있을 때만이라도 좋아. 사츠키와 모두를 지켜봐 줄 수 있어?"

'응. 근데 모험가 학교의 학생인데 왜 이런 얕은 층에서 고전하고 있는 걸까.'

그건 말이다, 오빠와는 달리 게임 지식이 없기 때문이야. 뭐, 그런 말은 안 할 거지만.

"또 무슨 일이 있으면 바로 알려 줘."

'응, 소타도 조심해.'

"카노는 카오루에게 정체를 들키지 않도록 주의해."

'네~. 근데 완전 괜찮은 것 같아. 그 사람 둔감한 것 같으니까.'

하아…… 하고 한숨을 쉬면서 통신을 끊었다. 어떻게 해야 할까. 게임에선 어떤 루트든 이렇게까지는 안 했는데. 무엇이 변했는가.

골머리를 썩이면서 터벅터벅 휴게 지점으로 돌아갔다.

"늦다, 빌어먹을 놈아."

텐마 가문 블랙 버틀러의 수장인 메이드 씨가 '아가씨를 기다리게 하면 혼내 줄 거다'라며 주먹을 보이면서 눈을 부라리며 노려봤다. 평소엔 청초하고 참한 누님인데 가까이에 텐마가 없으면 가차 없이 매도한다. 오싹오싹하잖아.

보니까 텐마는 이미 점심을 다 먹었고, 출발을 대비해 집사들이 풀 플레이트 메일을 구석구석 손질하고 있었다. 때나 흠집 하나 놓치지 않으려고 반짝반짝해질 때까지 닦아서인지 빛이 닿으면 난반사되어 눈 부셨다. 한편, 약간 떨어진 곳에서 주먹밥을 먹고 있던 집사 버전 쿠가가 불쾌한 듯한 눈으로 이쪽을 보고 있었다.

“어디 갔던 거야. 도망친 줄 알았어.”

“도망치고 자시고, 이런 층에서…….”

이곳은 던전 19층. 낡은 벽돌로 만들어진 건물이 늘어선 폐허 구역이다. 아무튼 사각이 많은 데다가 스켈레톤 메이지와 스켈레톤 아처 등 원거리 무기를 쓰는 몬스터가 대량으로 리젠되는 위험한 층이기도 하다. 원거리 공격 대책도 없이 태평하게 걸어 다니면 벌집이 될지도 모른다.

『그럼 출발할까. 쿠로사키, 결계 부탁할게~.』

“알겠습니다, 아가씨.”

메이드 씨가 정중하게 머리를 숙인 후, 포트 같은 마도구를 손에 들고 ‘天’이라 적힌 스위치—텐마 상회의 상품일까—를 눌렀다. 그러자 몇 초 정도 만에 반투명한 돔 형상의 벽이 나타났다. 이건 일정량의 원거리 공격을 막는 《안티 미사일》 마법이 담긴 마도구다.

특히 위험한 19층을 왕래할 때는 이 마도구의 유무에 따라 난이도가 크게 달라진다. 개인이라면 은밀 스킬을 쓰면 충분할지도 모르지만, 이 정도의 집단이면 그것도 불가능하다. 파티로 온다면 꼭 갖추고 싶은 필수 아이템이다.

또한, 이 결계의 크기로는 조력자를 포함한 도달 심도 일행 전원을 커버하는 건 불가능해서 A반과 B반이 나뉘어서 이동하게 되었다.

"텐마 님, 저희도 실례할게요."

측근 귀족과 조력자와 함께 세라 씨가 은색으로 반짝이는 머리카락을 휘날리며 결계 안으로 들어왔다. 던전 4일차인데도 지친 모습을 전혀 보이지 않고 던전에 들어왔을 때와 같이 빛나는 웃음을 흩뿌리고 있었다.

하지만 이 층에서도 방어구는 착용하지 않고 교복 차림 그대로. 일본의 국보로 지정된 그것은 쉽사리 입는 것을 허락해 주지 않는 걸지도 모른다. 물론 조력자가 이만큼 있으면 싸울 기회 같은 건 없을 것 같긴 하지만.

그런 세라 씨는 여전히 수다가 좋은지 누구든 상관하지 않고 여러 사람에게 말을 막 걸고 있지만 나에겐 전혀 말을 걸어 주지 않았다. 오히려 시야에 없다고 해야 할까……. 혹시 《천안통》으로 장래성이 절망적이라고 판단됐기 때문일까. 오랫동안 동경했던 히로인이 전혀 상대해 주지 않게 돼서 이 애달프고 쓸쓸한 감정에 난 꺾일 것만 같다……

──하지만.

고등학교에 들어온 이후로는 카오루에게 성희롱 같은 건 한 번도 안 했을 것이다. 그런데 왜 퇴학당하는 미래가 보였는지 굉장히 신경 쓰이긴 한다. 혹시 무슨 짓을 하든 미래(메인 스토리)는 바뀌지 않는 일도 있을 수 있는 건가.

『그래서 말이야~ 쿠로사키가 나루미 군은 야수다, 성욕에 찬 짐승이다 라고 하는데 어떻게 생각해?』

"어떻게 생각하냐고 물어보셔도……."

"야수라고 생각하는데? 성욕에 찬 짐승일 가능성도 완전히 버릴 수 없어."

옆에는 친근하게 말을 걸어주는 텐마와 쿠가가 있어서 기분이 풀릴…… 줄 알았는데, 어째 뒤숭숭한 이야기를 하고 있지 않은가. 메이드 씨가 있는 쪽을 보니 음흉하게 웃으며 **의기양양**한 표정을 지었다. 날 접근시키고 싶지 않은 건 이해하지만, 몰래 성범죄자로 몰아가려고 하는 건 그만해 줬으면 한다.

기분 전환을 위해 주위의 경치를 보면서 걸었다.

이 층은 직경 1km 정도의 원형 구조라서 지금까지의 층보다 맵이 좁다. 그렇다고는 해도 벽돌로 지어진 폐허가 빼곡하게 깔려 있어서 정보량은 굉장히 많다. 만약 여기에 사람이 살고 있었다면 5만에서 10만 명 정도가 사는 도시였겠지만, 지금은 언데드밖에 없는 황폐한 죽음의 도시다.

거리 중심으로 시선을 돌리니 여러 개의 예리한 탑이 튀어나온 거대 건축물이 우뚝 솟아 있는 게 보였다. 높이가 100m 가까이 되는 고딕 양식의 성. 저 성 안이 이번의 목적지, 20층이다.

저 성 안은 전역이 안전지대. 내부 장식도 섬세한 조각과 선명한 색채의 스테인드글라스를 풍족하게 써서 던익을 하던 시절에는 관광 명소 중 하나이기도 했다.

『「악마성」에 가는 건 오랜만이네~. 둘은 처음이지?』

"물론 처음이야."

"나도 가본 적은 없어. 근데 왜 악마성이지?"

당연히 가본 적이 없다고 말해 둔다. 이 몸으로는 처음이니 거짓말은 아니다. 그러고 보니 저 성에**도** 악마성이라는 이름이 붙어 있었던가. 과연 이유는 무엇이었는가.

『옛날에 말이야, [성녀]님이 전설을 만드신 특별한 장소야~.』

"[성녀] ……그건 굉장히 흥미롭네."

일본에 던전 입구가 나타난 건 다이쇼 시대에 들어서고 얼마 안 됐을 무렵. 막 나타났을 당시에는 안에 들어가는 자는 거의 없었고, 겨우 네 명의 모험가가 공략을 계속했다는 기록이 남아 있다. 그 중 한 명이 [성녀]다.

그들이 했던 던전 다이브는 우리처럼 그저 들어와서 몬스터를 효율적으로 잡는 **미적지근한** 다이브와는 딴판이다. 아무도 발을 들인 적이 없는 층을 공략해 나간다는 것은 아무런 정보도 없이 매 층마다 흉악한 플로어 보스를 쓰러뜨리고 나아가는 것과 같은 뜻이기 때문이다.

예를 들어 5층의 플로어 보스는 오크 로드—지금은 그냥 숨겨진 보스—인데, 정보도 공략법도 아무것도 없이 맨땅에 헤딩으로 전투를 하면 얼마나 어려울까. 레벨을 올려 도전하려고 해도 플로어 보스를 잡지 않으면 그 층에서 더 앞으로 갈 수 없으니 충분한 레벨업 같은 건 당연히 불가능하다.

그런 상태이니 공략 계층을 한 층 나아가는 것만으로도 사투의 연속이다. 하는 일은 공략 클랜의 새 층 공략에 가깝지만, 그걸 겨우 네 명이서 쭉 계속했던 것이다. 목숨 아까운 줄 모르는 것에도 정도가 있다.

그리고 시간이 흘러 전후 시대에 들어선지 얼마 안 됐을 무렵.

이 세계의 '전후'란 딱히 본토 결전 같은 건 하지 않아서 일본은 황폐해지거나 하진 않았다. 오히려 마석 에너지 특수 덕분에 에너지 산업이 크게 성장해 호경기였을 정도다.

그런 경제 성장기에 일본 정부는 더 많은 마석과 자원을 찾기 위해 20층 공략을 추진했는데…… 결과는 참담했다. 정부가 몸소 소중히 키운 공략 클랜이 차례차례 반파되고 유망한 젊은이도 많이 잃고 말았다. 그래서 비장의 수단으로 당시에 이미 은퇴했던 [성녀] 파티를 일부러 복귀시켜 최전선 공략에 보냈다는 경위가 있었다고 한다.

『그 무대가 저 성이고, 안에 있었던 게 그 유명한 「대악마」였던 거지.』

"……공략 클랜이 떼지어서 덤벼도 못 이기는데 네 명밖에 안 보낸다는 건 이상해. 정보가 조작됐을 가능성도 있어."

확실히 그 정도로 고전했다면 [성녀] 파티 외에도 우수한 조력자를 추가로 부르면 되는데 왜 네 명만 보낸 것인가. 이유는 몇 가지 생각할 수 있다.

예를 들면 [성녀]에 대한 기밀 정보가 터무니없는 것밖에 없어서 누구에게도 알리고 싶지 않았다던가. 혹은 조력자를 부른 것

은 숨기고 [성녀]의 공적을 대대적으로 선전하고 싶었을 뿐이라
거나. 아니면 네 명 이외의 모험가는 걸림돌에 불과하다고 생각
했기 때문일지도 모른다.

뭐, 어쨌든 이래저래 해서 [성녀] 파티는 훌륭하게 대악마를 쓰
러뜨리고 무사히 전설이 되었다. 지금도 그 네 명이 많은 모험가
의 추앙을 받는 데는 그런 이유가 있기 때문이라고 한다.

『나도 그 대악마가 어떤지 보고 싶었지만, 두 번 다시 안 나오
니 말이야~.』

"더는 안 나온다니 왜."

『플로어 보스는 한 번 쓰러뜨리면 안 나와. 오크 로드 같은 예
외도 있지만.』

현재의 20층은 플로어 보스를 포함해서 몬스터는 전혀 리젠되
지 않고, 큰 통로와 넓은 공간만 있는 지역이다. 통로 안쪽에는
큰 문이 있고, 그곳을 지나가면 열대 맵인 21층에 갈 수 있다.

악마성을 어떻게 구경하고 돌아다닐지, 거기서 어떤 과자를 먹
을지 이야기하면서 걷고 있는데 갑자기 앞쪽이 시끄러워졌다. 스
켈레톤 라이더가 B반 일행에게 덤벼든 모양이다.

『대단하네~. 저 창을 정면으로 막아 내다니.』

뼈만 있는 말을 타고 거대한 랜스와 함께 시속 70km 정도의
속도로 돌진해 오는 스켈레톤형 몬스터. 뼈만 있다고는 해도 저
만한 운동 에너지를 받아 내는 충격은 상당할 것인데, 그걸 해내
는 B반의 조력자도 그에 상응하는 실력자라는 걸 알 수 있다.

탱커가 저지해서 움직임을 억누르자, 곧바로 에워싸서 총공격

을 할 준비를 하는 중기사 부대. 스켈레톤 라이더는 말을 타고 있어서 작게 회전하지 못한다는 약점이 있다지만, 올려다봐야 하는 위치에서 랜스를 찌를 수 있는 높이라는 이점도 가지고 있다. 아래에 있는 해골 말도 물거나 발로 차기도 해서 정면이 아니라고 하더라도 긴장을 풀 수 없다.

하지만 탱커가 익숙하게 어그로를 끌어서 타겟을 고정시키고 어태커도 무기 스킬을 잇따라 때려 박았다. 단시간에 스켈레톤 라이더는 죽고 마석으로 변했다.

도중에 스켈레톤 메이지나 스켈레톤 아처 집단에게 몇 번인가 습격당했지만, 안전한 결계 안에서 아처 부대와 무녀 부대가 복수하듯이 회복 마법과 화살을 쏘아서 순식간에 처리해 나갔다. 아무리 19층이 위험한 지역이라고 해도 이 정도의 전력이 있으면 순식간에 해치운다.

그 후에도 언데드를 물리치면서 폐허의 중심을 향해 계속 걸었다. 그래도 좁은 지역이라 1시간이면 목적지는 코앞이다.

수없이 튀어나와 있는 탑은 올려다봐야 할 정도로 높았고 형상도 복잡했다. 벽에는 의식을 하는 것 같은 인물의 조각과 쐐기문자 같은 문양이 빼곡하게 새겨져 있었다. 가까이에서 보니 성이라기보다는 성당 같은 분위기가 있었다.

정면에는 안으로 들어가기 위한 거대한 철문이 있고, 거길 통과하면 20층이다.

"그럼, 성지 안내는 제가 할까요."

먼저 도착해 있던 스오우가 어울리지 않는 웃음을 지으면서 걸어 나왔다. 이 녀석이 이렇게 산뜻한 표정을 지을 때는 분명 뭔가 꾸미고 있을 때인데…… 자, 어떻게 해야 할까.

“우선 저와 세라 공, 텐마 공, 이렇게 셋이서 가지 않겠습니까. 반드시 멋진 것을 보여드리죠.”

목적지인 악마성을 코앞에 두고 맨 처음에 누구부터 들어갈 것인지 논란이 벌어졌다. 그런 건 다 같이 들어가거나 도착순으로 가면 될 것이라 생각하지만, 체면과 자존심 덩어리인 귀족님에겐 중요한 문제인 것 같다. 내가 먼저라며 으르렁거리는 가운데, 처음엔 반 대표자끼리만 들어가고 싶다며 스오우가 제안했다.

그 대표자로 텐마도 포함시킨 건 학년 차석으로서 1학년을 대표하는 학생이기 때문이라고 한다. 다른 관점으로 본다면 스오우가 인정할 정도의 실력자라는 뜻이다.

하지만 텐마는 ‘반 대표자 자격이라면 나루미 군도 있다고~’라며 쓸데없는 말을 해버렸다. 확실히 나도 반 대표자이긴 하지만, 단순히 귀찮은 일을 떠맡았을 뿐이다. 이 자리에서 그 이야기를 하는 것도 부끄러우니 어떻게 거절할까 생각하고 있는데 ‘이 녀석이 가면 나도 간다’며 쿠가도 투덜거리기 시작했다.

“……그렇습니까. 뭐, 괜찮겠죠.”

외부자 두 사람 추가를 간단히 허가하는 스오우. 뭔가를 꾸미고 있을 텐데, 그 계획을 실행하는 데 나와 쿠가 정도라면 장애물도 안 될 것이라고 생각한 걸까.

내 눈이 닿지 않는 곳에서 야수가 접근하게 두겠냐며 메이드 씨가 기세등등하게 따라오려고 했지만 텐마에게 기각당해 울상을 짓고 있다……. 아니, 날 째려보지 말아 주세요.

"다시 생각해 주십시오, 세라 님!"

"중학교 시절의 일을 잊었습니까. 분명 뭔가 좋지 않은 일을 꾸미고 있을 겁니다."

"저쪽은 스오우 님 단 한 분. 게다가 이쪽엔 텐마 님도 계십니다. 그렇게 두려워할 것 있나요."

세라 일족의 귀족과 무녀가 다가가서 충고하려고 했지만 세라 씨는 들을 생각이 없는 모양이다. 속박을 싫어하고 어떤 때라도 마음대로 행동하는 성격이라 경호원은 분명 고생하겠지만 그런 자유로운 세라 씨도 멋지다.

그래도 스오우가 일부러 안내역 같은 걸 자진해서 떠맡을 리가 없다는 의견에는 동의한다. 뭔가를 꾸미고 있었다고 하더라도 저 녀석 혼자서 뭘 할 수 있는가.

예를 들면 이 성 안에 암살자라도 숨겨 뒀다거나. 뭔가 위험한 함정이라도 설치해 뒀다거나. 혹은 전설의 대악마인가 하는 것을 부활시킨다거나. 하지만 아무리 라이벌이라 해도 세라 씨는 후작의 적녀이며 [성녀]의 후계자. 그런 인물을 다치게 하면 스오우도 그냥 넘어갈 순 없을 것이다. 너무 걱정하는 걸까.

"그럼 스오우 님. 에스코트 잘 부탁드립니다."

"알겠습니다."

『그럼 같이 가자. 나루미 군.』

이런저런 생각을 하고 있으니 플레이트 메일의 장갑에 손을 붙잡혀 에스코트 당했다. 뭐, 내가 여기서 무슨 말을 하든 바뀔 것 같진 않고, 어쩔 도리가 없나.

선두에 스오우와 세라 씨. 이어서 나와 텐마, 쿠가가 나란히 성 안으로 들어갔다. 과도하게 장식된 현관을 지나가니 샹들리에가 눈부시게 비추는 현관 홀이 펼쳐져 있었고, 좌우에는 큰 문이 설치되어 있었다. 왼쪽 문에 들어가면 열대 · 사바나 기후 필드가 펼쳐지는 21층으로 갈 수 있는데 스오우는 그쪽에는 가지 않고 오른쪽에 있는 문을 열어 들어가도록 권했다.

문 너머에는 성의 대부분을 차지할 정도로 거대한 방이 있었다. 천장은 아주 높고, 양 사이드에는 큰 스테인드글라스를 끼운 창문이 있었다. 거기로 비치는 따뜻한 빛이 신성한 분위기를 만들어 내고 있었다. 제일 안쪽에는 거대한 파이프 오르간이 놓여 있는 걸 보니, 역시 성이 아니라 성당처럼 종교적으로 사용된 장소라고 추측할 수 있었다.

그리고 이 거대한 방이 바로 [성녀]와 대악마가 싸운 무대다.

"여기서 벌어진 싸움에 대해 이야기해 달라고 왕할머님께 자주 졸랐죠."

주위를 감회가 깊은 듯이 둘러보면서 말하는 세라 씨. '왕할머님'은 [성녀]를 말하는 것이고 증조할머니였을 것이다. 일본의 모험가의 시조라고 불리는 증조할머니와 공략 클랜을 수없이 매장한 대악마와의 사투는 지금도 구전되는 전설이며, 세라 씨도 어렸을 때부터 강한 흥미를 느꼈다고 한다.

『그래 맞아. 그렇게 위험한 상대를 왜 네 명만으로 쓰러뜨렸는지 오는 길에 이야기했지~.』

"그건 못 들었습니다만…… 그래도 왕할머님이 싸울 때는 항상 네 명이서 싸웠으니 그러는 편이 더 편하지 않았을까요."

믿을 수 있는 동료이기에 안심하고 등을 맡길 수 있다. 평소부터 즉흥적으로 만들어진 파티 같은 건 걸림돌밖에 안 된다고 말했다고 한다. 게임이라면 조금이라도 인원을 늘려 전력을 높이고 싶다고 생각하기 쉽지만, 실제로 목숨을 건 싸움을 하게 되면 신뢰라는 요소는 무시할 수 없을 것이다.

(뭐, 그것도 방편이라는 생각이 들지만.)

내가 보기엔 은닉 스킬이나 직업 특성을 보여 주고 싶지 않았다는 게 그 이유라고 생각한다. [성녀]라는 존재 자체가 특급 비밀이지만 [성녀]라는 직업도 광역 회복이나 사자소생 등의 위험한 마법을 많이 배우니, 그런 게 세간에 알려지면 윤리적인 관점에서 무슨 일이 일어날지 알 수 없다. 일본 정부도 정보 관리에는 상당히 신경을 썼을 것이다.

스오우도 알고 있는 정보를 말했다. 대악마의 정체는 신장이 5m를 넘고 6개의 팔을 놀라운 힘으로 휘두르는 강인한 악귀 타입 몬스터라고 한다. 그리고 HP를 깎아 나가면 악귀의 몸이 파란 불꽃에 휩싸여 공격력, 방어력이 대폭 증가해서 진정한 전사가 아니면 손댈 수 없게 된다고 한다.

대악마를 보고 살아남은 자는 조금밖에 없으며, 싸움이 처참하기도 해서 정신이 망가진 자도 많다. 정확한 정보를 모으는데 고

생했다고 하는데 정답은——.

(팔 네 개에 《마투술》을 쓰는 근육질의 레서 데몬이었습니다.)

레서 데몬은 악마 중에서는 하위에 분류되는 몬스터다. 하위라고 해도 던익의 악마는 강력한 개체가 많으며 육체능력, 마력뿐만 아니라 소지 스킬도 많아서 쓰러뜨리려면 굉장히 성가시다. 레벨업 목적으로는 적합하지 않은 몬스터라 할 수 있다.

게다가 이 방에 있었던 건 악마 플로어 보스라는 특별한 개체. 다른 플로어 보스와 비교해도 토벌 난이도는 아주 높아 당시의 공략 클랜이 쓰러뜨리지 못했다는 것도 납득이 간다. 그래서 [성녀]도 용케 그런 토벌 요청을 받아들였다고 생각한다. 나였으면 정부의 요청이라고 해도 아무도 이기지 못한 몬스터를 상대하라고 하면 도망치겠지만.

한편 쿠가는 대악마 담론은 제쳐놓고 큰 방 안쪽에 있는 파이프 오르간을 흥미로운 듯이 바라보고 있었다. 시험 삼아 몇 단이나 있는 건반을 이것저것 누르고 있지만 아무 소리도 안 났다. 위에 늘어서 있는 거대한 파이프는 전부 깨끗한 상태라서 부서진 것처럼 보이진 않지만, 난 구조를 잘 모르니 가늠할 수 없다. 텐마도 관심이 있는지 건반과 페달을 들여다보고 있었다.

『이 오르간은 어떻게 하면 소리가 날까~.』

"어쩌면 뒤에 있는 송풍기가 망가져 있을지도 몰라…….."

"아뇨, 망가진 건 아니라고 합니다."

뭐가 웃긴 건지 큭큭큭 하고 낮게 웃으면서 텐마 일행의 대화에 끼어드는 스오우. 뭔가 알고 있는 모양이다.

"이 악기는 대악마와 싸울 때만 음악이 연주된다고 합니다."

『대악마랑? 그치만 이제 안 나오니까 못 듣잖아~.』

"어떤 장치인 거야……."

스오우가 보스전의 BGM을 연주해 주는 분위기 파악을 잘하는 악기라며 유쾌하고 즐겁게 말했다. 쿠가는 더더욱 흥미가 생겼는지 여기저기를 잡아당기거나 누르거나 하며 만지기 시작했다. 이 정도 규모의 파이프 오르간을 망가트리면 분명 돈이 많이 들겠지만 던전에는 수복 기능이 있으니 아무 문제없다. 텐마는 '더 이상 못 듣는구나~'라고 말하며 고개를 푹 떨구고 있었다.

"아뇨 아뇨. 듣는 건 가능하다구요?"

『엥~ 그치만 아까 대악마가 나오지 않으면 들을 수 없다고.』

"그러니 대악마를 한 번 더 불러내면 되지 않습니까."

모두가 이 녀석은 무슨 소릴 하고 있는 거냐며 고개를 갸웃거리면서 보고 있으니, 스오우는 가방에서 한 권의 두꺼운 책을 꺼냈다. 표면에는 혈관 같은 것이 빼곡하게 튀어나와 맥이 뛰고 있었고 타르 같은 《오라》가 새어 나오고 있었다. 꺼림칙한 걸 넘어서 그로테스크하다고 할 수 있는 아이템이 등장하며 방금 전까지 온화했던 분위기가 박살났다.

그렇군, 꿍꿍이는 이거였나.

"뭘…… 할 생각이야."

"그건 설마?!"

"모처럼 여기까지 왔으니까 대악마를 꼭 보고 싶잖아요?"

쿠가는 자세를 낮추고 경계하고, 세라 씨는 저 책을 본 적이 있는지 너무 놀란 나머지 뒷걸음질 치고, 텐마는 두리번거리고 있을 뿐. 스오우는 그게 웃겼는지 더 짙은 미소를 지었다.

저 책은 틀림없이 '악마 소환의 서'다. 그것도 아마 이곳의 플로어 보스, 레서 데몬을 부르기 위한.

원래는 업데이트로 추가된 것이라서 입수하기 위해서는 번거로운 절차를 몇 개나 거치고 DLC 구역에 있는 특수 퀘스트를 클리어할 필요가 있다. 분명 게임 지식이 없으면 입수가 불가능할 줄 알았는데…… 혹시 츠키시마가 가르쳐 준 걸까.

하지만 불러낸다는 건 허풍일 것이다. 한 번 저걸 발동해 버리면 이 방의 출입구는 잠기고 강제로 전투가 벌어지기 때문이다. 그렇게 되면 스오우도 휘말린다……. 아니, 주저 없이 책에 마력을 주입하기 시작했다. 무슨 생각이야!

책을 들어 올리자 두근두근 하고 맥동이 커지고 멋대로 펼쳐진 책 속에서 검은 뭔가가 튀어나와 돌바닥에 떨어졌다. 그러자 그 자리에 삼각형과 역삼각형을 조합한 거대한 육망성이 그려지고 검붉게 빛나기 시작했다. 소환마법진이 발동된 것이다.

세라 씨와 쿠가는 대악마 소환이 확실하다는 걸 알아차리고 바로 방에서 나가려고 했지만 그러지 못했다. 저 책에 마력을 흘려 넣은 시점에 악마 소환 트리거가 발동되어 모든 출입구가 봉쇄된 것이다. 그래서 저 녀석과 싸워서 진 공략 클랜은 **거의** 전멸한 건데.

동시에 정면 안쪽에 있는 파이프 오르간이 혼자 움직이기 시작해서 비애와 광기가 뒤섞인 듯한 종말적인 음악이 큰 소리로 연주되었다. 보스 스테이지의 BGM으로 어울린다면 어울리지만, 실제로 이 자리에 있는 사람은 그런 걸 생각할 때가 아니다.

"음~ 소문보다 더 훌륭한 음악이네요. 자, 슬슬 나올 겁니다, 전설의 대악마가. 저도 보는 건 처음이에요."

어지간히 흥분했는지 스오우는 눈을 크게 뜨고 연주자처럼 팔을 벌리면서 날카로운 목소리로 악마 소환을 중계했다.

진동과 함께 마법진의 중앙 부근에서 큰 염소의 머리가 천천히 생겨났고, 이어서 검붉은 근육질 상반신에 언밸런스할 정도로 두꺼운 네 개의 팔. 그리고 악마족임을 나타내는 화살표처럼 뾰족한 꼬리가 나왔다.

키는 약 4m로 올려다봐야 할 정도로 크다. 이쪽을 힐끗 흘겨보는 겹눈 같은 눈을 보면 인간과는 절대로 서로 이해할 수 없는 존재라는 것을 이해하게 된다. 그저 한결같이 생명을 탐하고 싶어서 참을 수 없다는, 그런 악역무도한 감정이 엿보였다.

(자, 어떻게 할까.)

몬스터 레벨은 25. 특수 스킬을 다수 가진 악마계 플로어 보스라서 수치 이상으로 강한데…… 역시 나도 전투에 참가해야만 하는 걸까. 이렇게 개성적인 멤버들 앞에서 진심으로 싸울 수 있을 리가 없는데.

"네, 네가 무슨 짓을 한 건지 알고 있어?!"

『이런 걸 불러내서 어쩔 생각이야~?!』

너무나도 무책임한 행동에 평소에 온화한 세라 씨와 텐마도 무척 화가 났다. 나도 당연히 화났다. 불러낸 이걸 어떻게 처리할 생각인지, 뭔가 좋은 대책이라도 있는 걸까. 기대해도 되겠지.

"대악마의 팔은 네 개였나요! 하지만…… 이거 참, 강할 것 같 군요! 그럼 이제 다 봤으니 전 이만 가보고자 합니다. 당신들도 네 명이서 쓰러뜨리면 [성녀]에 필적하는 전설이 될 수 있습니다. 건투를 빕니다."

스오우는 가슴팍에서 투명한 작은 돌을 꺼내 마력을 주입하더 니 '뭐, 네 명 중 두 명은 열등반의 쓰레기지만요'라고 말하면서 빛에 휩싸여 그대로 사라져 버렸다.

성녀가 쓰러뜨렸다고 하는 전설의 대악마. 그 모습을 눈앞에서 보고 가슴팍에서 작은 돌을 꺼낸 스오우는 빛에 휩싸여 사라져 버렸다. 악마를 소환하기만 하고 아무것도 안 하고 이탈했다.

"에엑?!"

『도, 도망쳤어~! 이 자식~!』

세라 씨는 양손으로 입을 막으면서 평정을 잃고 동요하고 있고, 텐마는 너무나도 무책임한 행동에 발을 구르며 화냈다. 평소에 볼 수 없는 모습은 아주 신선…… 아니, 이런 말을 할 때가 아니다. 아까 스오우가 쓴 것은 《이젝트》 마법이 담긴 탈출 아이템이며 귀환석이라는 별명으로도 불리고 있다. 던전 바깥까지 직접 워프하는 효과가 있어서 목숨이 걸려 있는 이 세계에서는 꼭 가지고 있고 싶은 물건이다. 저거 하나의 가격이 집 한 채를 살 수 있을 정도라서 쉽게 쓸 수 있는 물건이 아니라고 하지만.

"나루미 소타. 넌 얼마나 싸울 수 있지?"

"난……."

가방에서 꺼낸 프로텍터를 재빠르게 장착하고 단도를 쥔 쿠가가 내 실력을 물었다. 강적과의 전투가 불가피하다는 걸 안 지금, 조금이라도 생존률을 높이려고 생각하고 있을 것이다. 하지만 실력을 보여 주면 엄청나게 귀찮아질 거라는 건 쉽게 상상할 수 있었다.

레서 데몬은 마법진에서 완전히 모습을 드러내고 누구의 목숨부터 짓이길까 입맛을 다시며 천천히 생각했다. 독살스러운 《오라》가 이곳을 감싸 청아하고 신성했던 공간이 무거운 지옥으로 변모했다. 더는 고민할 시간도 없다.

"아무리 그래도 저와 텐마 님만으로 저런 것과 싸우는 건 불가능합니다. 죄송합니다만……."

(저건. 역시 가지고 있었나.)

목에 걸고 있던 투명한 작은 돌을 꺼냈다. 대귀족의 적녀이자 보기 드문 재능과 용모를 지녔고 [성녀]의 후계자로도 선택받은 희대의 재녀. 그녀의 가문 입장에서도 저 정도의 보험을 들어주는 것쯤은 쌀 것이다.

"텐마 님, 당신도 망설이지 말고 써야 해요. 저 두 사람은 안타깝게 됐지만 그 또한 천명. 귀족이라면 가문을 제일로 생각하며 살아야 합니다. 그럼 이만 실례."

꼭 쥐면서 마력을 통하게 해서 스오우와 마찬가지로 빛에 휩싸여 사라졌다.

이런 절망적인 상황에 사이가 그렇게 좋은 것도 아닌 지인 수준의 동급생을 위해 목숨을 거는 건 어리석은 짓이다. 게다가 그녀가 말한 것처럼 귀족의 후계자라면 가문을 제일로 생각하며 산다는 선택지도 충분히 이해할 수 있다. 난 오히려 도망칠 거면 빨리 도망쳤으면 하는데.

"더할 나위 없이 최악의 상황이네…… 온다!"

두 사람이 이탈해서 세 명이 남게 되었다. 레서 데몬은 더는 누구도 놓치지 않겠다는 듯이 땅울림을 일으키면서 돌진해 큰 주먹을 휘두르려고 했다.

거기에 끼어든 사람은 큰 양손도끼를 방패처럼 써서 막아 낸 텐마였다. 내 눈앞에서 버티고 서서 대질량의 주먹을 겨우겨우 억제하고 있었다. 희미하게 붉은 《오라》가 새어 나오고 있는 걸 보니, 그녀의 고유 스킬 《괴력》을 발동하고 있을 것이다.

정령의 사랑을 받고 축복(저주)을 받아 손에 넣은 초현실적인 힘, 《괴력》. 그녀를 차석으로 만들어 준 힘의 근원이다. 육체 능력을 큰 폭으로 상승시키는 효과가 있는 반면, 몸이 늙고 추해져 버리는 비극적인 스킬이기도 하다. 그런 스킬을 써서 구해 준 건 고맙지만, 왜 탈출 아이템을 쓰지 않는 거지.

『내가 잠깐 버텨 볼게! 그러니 이 방에서 나갈 방법이 없는지 조사해 봐!』

네 개의 두꺼운 팔을 폭풍처럼 휘둘러 난타하는 레서 데몬. 그 연격을 《괴력》에 의지해 버티려고 했지만, 너무나 빠른 속도와 큰 위력에 대응하지 못하고 튕겨 나갔다. 날아가는 기세가 강력해, 몇 번이나 튕기면서 벽에 격돌하고 말았다.

"텐마 무리하지 마! 우린 괜찮으니까 걱정하지 말고 탈출 아이템 써!"

『싫어! 모처럼, 모처럼 생긴 첫 친구인데…… 절대로 안 버릴 거야!』

몇 번이나 튕겨 나가고는 자신을 고무하듯이 소리치며 일어나 다시 덤벼드는 텐마. 자랑거리인 갑옷이 상하고 패이고 피가 흐르는 것도 개의치 않았다. 그러고 보니 내 앞에서는 밝게 행동해서 상상하긴 어렵지만, 중학교 때부터 주변 사람들이 경원시해서 쭉 외톨이였지. 그래서 그녀는 저 갑옷에 틀어박힌 것이다.

(뭐 그래도…… 고마운 말을 해주네.)

학교에서 낙오자 취급을 받고 기피당하는 날 친구라 해주고 전설이라 불리는 대악마를 상대로 목숨까지 걸고 맞설 줄이야. 그 필사적인 모습에, 진심이라는 것 정도는 알 수 있다. 뜻밖에 가슴이 뜨거워져 버렸잖아. 나, 의욕이 좀 생겼다고.

한편 쿠가는 손에 쥐고 있던 학교의 렌탈 나이프로 레서 데몬의 다리를 베었지만 피해는 거의 주지 못했다. 두껍고 딱딱한 표피에 더해 재생 스킬이 발동되고 있어서 실질적인 대미지는 제로다. 더 강한 무기를 쓰거나 온힘을 다해 공격하면 다르겠지만, 레서 데몬의 어그로가 안정되지 않아 크게 파고들지 못하고 있었다.

하지만 쿠가도 싸워 준다면 나도 전력을 다하지 않아도 될지도 모른다. 보아하니 저 두 사람에게 필요한 건 우수한 탱커겠지.

"알았어! 그럼 내가 탱커를 맡을게. 어태커는 둘에게 맡길게!"

『나루미 군, 무모한 짓 하지 마!』

무모한 짓을 하고 있는 건 텐마라고. 도망치려면 탈출 아이템으로 당장이라도 도망칠 수 있었을 텐데. 텐마 가문 총수가 사랑하는 귀여운 딸에게 안 줬을 리가 없으니까. 그런데도 우릴 버리지 않고 목숨까지 걸어 준다면 나도 조금은 힘을 쓰겠어.

매직 백에서 흑색 순 미스릴 장갑을 꺼내 재빠르게 장착. 그리고 쓸 예정은 아니었지만 어쩔 수 없다……. 아직 도금을 하지 않은 순 미스릴 장검도 꺼냈다. 우선은 텐마에게 끌려 있는 어그로를 해제하자.

"떡대, 여기다아아! 《이리테이티드 하울》!"

내 입에서 큰 포효와 충격파가 나왔다. 강제로 대상의 어그로를 끄는 도발 스킬이다. 역시 이게 없으면 탱커라고 할 수 없지.

텐마에게 연타를 퍼붓던 레서 데몬은 자석에 이끌린 것처럼 빙글 돌아서 나를 향해 달려왔다. 대악마도 왜 주의를 끌렸는지 모르는 것 같았다.

"그 스킬은…… '제국'의. 역시."

『뭐야? 뭘 한 거야?!』

[나이트]는 어느 나라의 비밀 직업인 것 같지만 이 정도는 보여 줘도 괜찮……을 것이다. 나중에 입막음(엎드려 빌기)을 하면 어떻게든 되지 않을까. 그리고 이 녀석에게 공격을 하기에는 파워가 부족하다. 그러니 하나 더!

"더 간다!! 《플레임 암즈》!!"

양손을 펼치듯이 하며 스킬을 발동하자 빨간 뱀 같은 《오라》가 팔에 휘감겼다. [워리어]가 배우는 버프 스킬이며 STR을 30% 올리는 효과가 있다. 이걸 써도 수치상으로는 아직 이 녀석과 치고받을 수 있는 수준에는 못 미치지만, 흘려내는 정도라면 충분할 것이다.

"다들 사양하지 말고 화력을 올려서 쳐줘. 타겟은 내가 어떻게든 고정할게!"

도발 스킬에 당해 성가시다는 듯이 나에게 주먹을 내리찍으려는 레서 데몬. 정면에서 받아 낼 생각은 없으니 측면 방향으로 선회하면서 회피하고 빈틈을 찾아 미스릴 검으로 베었다. 당분간은 이걸 반복하며 쿨타임마다 도발 스킬을 중첩해 타겟을 고정하는 걸 첫째로 생각하면 된다.

『뭔지 모르겠지만 할 수 있는 거네! 그럼 나도 간다~!』

"……흡."

내가 어그로를 잘 끌어서 탱커 역할을 할 수 있다고 판단한 텐마는 거대한 도끼를 빙빙 돌리면서 힘차게 때려 박았다. 《괴력》 덕분에 한 방의 화력이 대단해서 높은 방어력을 자랑하는 표피에 깊은 상처를 몇 개나 내며 HP를 쭉쭉 깎아나갔다. 학년 최강을 자랑하는 그녀의 근접 화력은 장식이 아닌 모양이다.

쿠가도 공격 스킬은 쓰지 않고 있지만 대미지를 주고 있다. 저 손에 들고 있는 푸르스름하게 빛나는 단도에는 절단력을 높이는 마법이 인챈트되어 있는 것 같다.

"쿠오캬아아아아아아아!!!!"

레서 데몬은 낮게 울리는 소리를 내면서 팔을 난폭하게 휘둘렀다. 노린 것과는 다르게 나에게 주먹을 맞히지 못한 데다가, 뒤에서는 노도와 같은 공격을 당해서 상당히 짜증이 난 모양이다. 그런 상황을 타개하려고 가슴을 크게 젖히고 스킬 모션 자세를 잡았다.

네 개의 팔 전체에서 눈이 부실 정도의 파란 《오라》가 용솟음쳤고, 포효와 함께 주먹을 휘둘렀다.

『나루미 군, 위험해!』

"괜찮아. 하지만 조금 떨어져."

레서 데몬은 리치가 긴 네 개의 팔을 고속으로 휘두르기에, 그 모든 공격을 피하는 건 보통 어렵다. 하지만 겁내지 않고 밀착해서 돌아 들어가는 포지션을 잡으면 거의 맞지 않는 공략법이 있다. 중장비가 있거나 어지간한 STR이 아니라면 탱커의 기본적인 행동은 똑같아질 것이다.

하지만 이 녀석이 지금부터 쓰려고 하는 공격 스킬은 중거리뿐만 아니라 지근거리까지 커버하니 사각은 없다. 돌아서 파고드는 회피 방법도 쓸 수 없고, 그렇다고 해서 공격을 제대로 받아 내면 대미지도 면할 수 없다. 처음 싸운다면 분명 힘든 상대일 것이다.

(그래도 난 처음이 아니지만.)

던익에선 특수 퀘스트를 받으면 특정 플로어 보스에게 몇 번이든 도전할 수 있게 되어 있었다. 층=레벨이 돼버리는 제한은 있었지만, 좋은 아이템을 얻을 수 있어서 게임을 할 때는 셀 수 없을 정도로 도전했다. 참고로 난 이 녀석의 솔로 토벌 타임어택 기록도 있다.

얼마나 대미지를 입으면 어떤 행동을 하는가, 스킬 발동 직후의 모으기 모션을 보면 무슨 스킬을 쓰는지 정도는 몸으로 기억하고 있어서 타이밍도 쉽게 잡을 수 있다. 이 공격 스킬 같은 경우에는 처음엔 위팔 찍기로 시작하니, 궤도에서 벗어나 냉정하게 반격해 나가면 된다.

게임과 마찬가지로 포효와 함께 양팔을 내려찍는 걸 보고 미리 중심을 움직여 두고 여유를 가지고 피한다. 그 후의 2연속 찌르기를 피하고 벤다. 다음으로 왼쪽에서 가로로 후려치는 펀치가 오니 나도 오른쪽 방향 배후로 빙 돌면서 한손검 스킬《보팔 스러스트》3연격을 때려 박았다.

굵은 비명을 질렀지만 한번 발동한 몬스터의 무기 스킬은 멈추지 않는다.

아래에서 올려치는 듯한 어퍼가 오니 아까 전에 쓴 무기 스킬 경직을 《백 스텝》으로 캔슬하고 끝까지 휘둘러지는 팔의 궤도에 《슬래시》를 써서 팔꿈치 아래를 잘라 버렸다.

마지막은 팔 하나를 잃은 채로 상공에 점프해서 낙하와 동시에 내려치는 공격을 하니 낙하지점에서 벗어나 보고만 있으면 된다.

"그아아아아오오오오오오."

『대, 대단해! 어떻게 된 거야, 지금 움직임은 뭐야?!』

"전부 보이는…… 아니. 뭐가 오는지 전부 알고 있는 움직임으로 보였어."

역시 쿠가다. 중심 이동이 보였나. 그 말대로지만 실제로는 그렇게 여유가 있는 것도 아니다.

싸우기 전에는 레서 데몬 같은 건 나 혼자서도 어떻게든 될 거라 생각해서 다들 빨리 도망치길 바랐지만, 함께 싸울 수 있어서 정말 다행이다.

공격이 맞지 않는다는 걸 알고 있어도 굉음을 울리는 주먹을 코앞에서 휘두르는데 침착할 리가 없다. 잘 아는 적이라고는 해도 이런 녀석과 장기전 같은 걸 하면 정신력이 마모되어, 사고율이 급상승했을 것이다. 두 사람이 어태커를 해주고 있는 덕분에 난 회피에 전념할 수 있다. 감사하고 싶을 정도다.

레서 데몬의 낙하로 인해 자갈과 흙먼지가 성대하게 피어올랐고, 동시에 귀를 찢는 듯한 신음 소리가 울려 퍼졌다. 낙하지점에서는 4m나 되는 거구를 비비 꼬며 뒹굴고 있었다. 잘라낸 팔에서는 피가 뿜어져 나오고 있지만, 재생 스킬이 있어서 수십 초가 지나면 완전히 수복될 것이다.

하지만 지금은 무방비하게 웅크리고 있다. 귀중한 총공격 타임을 놓칠 순 없다.

"지금이다! 공격해!"

『에헤헤. 으랴아~~!!』

"봐주지 않아……《더블 스팅》!"

큰 양손도끼를 치켜들고 덤벼들어서 이때라는 듯이 마구 치는 텐마. 한 번 휘두를 때마다 미칠 듯한 선풍을 일으키며 HP를 쭉쭉 깎았다. 상상 이상의 화력에 난 약간 기겁했다. 한편 단도를 쥔 팔을 고속으로 진동시켜 할퀴듯이 스킬을 발동하는 쿠가. 더 효과적인 곳을 찾아 급소 같은 곳을 정확하게 계속해서 난도질하는 게 믿음직하면서도 무서웠다.

하지만 플로어 보스의 HP는 막대해서 이 정도의 대미지를 가해도 아직 반 가까이 남아있을 것이다. 게다가 이 녀석은 남은 HP가 적어지면 '발광'도 한다. 긴장 풀지 말고 확실하게 처리해 나가야만 한다― 그래도.

『아까 전에는 잘도 때렸겠다~! 고기! 고기 내놔~!』

"이 뿔도…… 내놔."

저 너무나도 믿음직한 두 사람이 있으면 고생하지 않고 이길 수 있을 것 같은 기분도 들기 시작했다고.

── 쿠가 코토네 시점 ──

아무런 준비도 안 돼있는데 대악마라 불리는 플로어 보스가 소환되고 말았다. 스오우에겐 사소한 장난에 불과할지도 모르지만, 탈출 아이템이 없는 난 여기서 도망치는 것도 불가능하다.

원래 탈출 아이템은 서민이 살 수 있는 물건이 아니니 귀족이 아니면 죽어도 딱히 상관없다고 판단했을 것이다. 이래서 시대착오적인 귀족주의 국가는 곤란하다. 하지만 아무리 우는소리를 한다고 해도 상황은 아무것도 바뀌지 않는다. 퇴로가 없다면 각오하고 싸우는 수밖에 없다.

이 층의 플로어 보스 공략 영상은 본국에서 강제로 본 적이 있다. 그건 레서 데몬이라는 악마족이며 권장되는 필요 최소한의 전력은 전투 훈련을 받은 18명의 레벨 20. 실제로는 그 전력이라도 승률이 반반으로 까다로웠다는 것을 떠올렸다.

그런데 여기엔 나와 나루미 소타, 갑옷녀, 성녀 비스무리한 것 네 명밖에 없다. 레벨만큼은 20 가까이 되는 것 같지만, 그래봤자 응석을 부리며 자란 도련님에 아가씨뿐. 거의 남의 도움으로 올린 것이나 마찬가지일 것이다. 여러 시련과 사투를 헤쳐 나오고 스스로를 몰아넣은 본국의 숙련병과 동등한 수준의 전력이라 간주하는 건 좋게 봐줘도 어려울 것이다.

그 중에서도 학년 수석이라 조금은 기대했던 성녀 비스무리한 것도 일찌감치 이탈해 버렸다. 같은 귀족인 갑옷녀도 탈출 아이템을 쓰는 건 시간문제. 그렇게 되면 나와 나루미 소타 둘만 남게 된다. 과연 저 남자는 쓸만할까…….

(잘하면 나 혼자서도 '발광'까지 끌고 갈 수 있을지도 몰라……. 하지만 거기까지다.)

플로어 보스는 일정 이상 HP가 줄어들면 발광이라 불리는 상태가 되어 강력한 스킬을 쓰는 경우가 있다. 이 악마도 HP를 4분의 1까지 줄이면 온몸이 파란《오라》에 감싸여 방어력이 대폭 상승하고 차원이 다른 파괴력을 가진 흉악한 스킬을 쓴다. 그렇게 되면 나 혼자 대응하는 건 불가능해진다.

나루미 소타도 조금은 실력이 있는 것 같지만, 앞으로 맞이할 수준 높은 전투에 따라올 수 있을 것 같진 않다. 절망적― 그런 말이 뇌리를 스쳤을 때 갑자기 흐름이 예상치 못한 방향으로 바뀌어 갔다.

뭘 잘못 먹었는지 갑옷녀가 탈출 아이템을 쓰지 않고 악마와 맞서더니, 이에 자극을 받은 나루미가 탱커를 하겠다고 한 것이다. 그러고 보니 이상하게 여기고 있었다. 악마가 소환되었을 때도 저 눈에는 두려움이나 공포가 드러나지 않은 것을. 그 이유도 바로 판명됐다.

"떡대, 여기다아아!《이리테이티드 하울》!"

(저건…… **아우로라의 사도**가 왜 이런 곳에)

이 광대한 공간 전체가 떨릴 정도의 포효. 저건 신성제국에만 존재하는 최고 기밀 직업, [나이트]가 쓰는 대표적인 스킬이다.

　동유럽에 있으며 성녀 아우로라를 정점으로 삼은 신성제국. 그 제국 안에서도 [나이트]가 될 수 있는 건 성녀 아우로라에게 선택받은 초엘리트뿐. 장래에는 근위기사, 또는 아우로라의 사도가 되어 국정에 큰 영향을 끼치는 중요인물이 된다고 들었다. 그들은 사람들 앞에 나타나는 일 자체가 좀처럼 없고 정보 관리도 철저하게 해서 두꺼운 베일에 감싸여 있었다. 그런데——.
　그 제국의 국가 기밀이 눈앞에 있다!
　난 솔직히 아우로라를, 그리고 사도의 실력도 얕보고 있었다. 신성제국은 깡패 모험가들이 테러 비슷한 짓을 해서 만들어 낸 역사가 오래되지 않은 신흥국이고, 떠받들리기만 할 뿐인 여자(아우로라)가 선택한 재능이 무슨 증명이 되냐며 얕봤다. 하지만 눈앞에 있는 [나이트]를 보면 그 비범함을 싫어도 이해하게 된다.
　양팔에 불꽃을 깃들인 나루미 소타는 거대한 네 개의 팔로 휘둘러지는 거대한 질량의 주먹을, 아주 간단히 받아넘기거나 피하고 빈틈이 있으면 품에 파고 들어서 냉정하게 반격까지 해나갔다. 움직이는 속도를 보면 나보다 레벨은 낮겠지만, 기가 막힐 정도의 전투 기술과 전술안을 가지고 있었다. 이 정도의 재능을 발굴하고 육성까지 했다면 아우로라와 제국에 대한 평가를 크게 고칠 수밖에 없다.
　하지만 이상한 점 투성이다.
　나루미의 움직임은 결코 빠른 게 아니다. 오히려 나와 악마가 훨씬 더 빠르고 파워도 뛰어난 것처럼 보인다. 그런데 나도 아슬아슬하게 피할 수 있을지 알 수 없는 연타를 필요최소한의 힘과 움직임만으로 간단히 처리했고, 게다가 다음 공격이 어디로 올지 알고 있는 듯한 움직임까지 보였다. 그 결과, 악마는 나루미에게 전혀 대응하지 못하고 농락당하고 있다.

(어떻게 그렇게 움직일 수 있는 거야……?)

보고 피하는 게 아니다. 주먹을 내지르는 예비 동작을 하기만 해도 나루미는 이미 중심을 움직여 회피로 이행했다. 그렇다면 움직임을 예측했기 때문인가. 그것도 아닐 것이다.

공격을 예측했다고 해서 저렇게 움직일 수 있는 건 아니다. 레서 데몬이 내지르는 펀치의 궤도 예측에 조금이라도 오차가 있으면 일격에 녹다운 당할지도 모른다. 때문에 예측 후 회피는 어느 정도 보험을 들어 동작을 크게 하는 수밖에 없게 된다.

하지만 나루미의 움직임에는 망설임이 전혀 보이지 않았다. 치명적인 공격을 종이 한 장 차이로 피하고 카운터를 노리기 위한 움직임이 심하게 효율화 되어 있다.

(레서 데몬을…… 어디까지 파악하고 있는 거야?)

레서 데몬이라는 몬스터에 대해 숙지하지 않으면 불가능한 움직임을 몇 번이나 반복했다. 그 짐작이 확실해진 것은 네 개의 팔로 연격 스킬을 썼을 때였다.

악마가 참격 모션을 취하기 전에 나루미는 중심을 움직여 안전한 곳으로 몸을 옮겼고, 아직 주먹을 끝까지 휘두르지 않아 빈틈도 생기지 않았는데 한손검 스킬 발동 모션에 들어가 있었다. 게

다가 눈으로 보지도 않고 공격을 피하거나 팔의 궤도에 미리 스킬을 설치해 자르는 곡예까지 부렸다. 너무 완벽해서 섬뜩하다.

다음에 어떤 공격이 오고 어디에 빈틈이 생기는지, 온갖 공격 패턴을 망라하고 사고 루틴까지 파악하지 않고는 할 수 없는 곡예다. 그걸 가능하게 하려면 영상을 보는 것만으로는 불가능하다. 몇십, 까딱하면 몇백 번이라는 터무니없는 실전 경험이 필요할 것이다. 과연 그런 게 가능한가.

(얼마나 많은 악마의 서를 손에 넣으면 그게 되는 거야.)

레서 데몬을 소환하려면 악마의 서가 필요하다. 하지만 입수를 위해서는 그보다 더 강한 몬스터를 잡을 필요가 있으며, 그때까지의 절차와 과정도 복잡하다. 물량을 갖추려면 엄청난 인원과 시간이 필요해진다. 제국에 있는 던전을 써서 조직적으로 모은 걸까.

입수 방법은 미국만의 기밀 정보인줄 알았는데 스오우조차 알고 있었다면 제국에도 알려져 있다고 해도 이상할 것은 없다. 하지만 악마의 서를 그렇게나 모아서 뭘 하고 있었는지도 신경 쓰인다.

제국에 대한 정보는 표면에 드러나는 일이 거의 없어서 세계 각국이 공작원을 보내 정보를 캐고 있다. 동기도 몇 명인가 파고들어 첩보활동을 하고 있지만, 조직의 중추까지 이른 자는 아직 아무도 없다. 그런 의미에서도 아우로라의 사도인 나루미 소타와의 연줄은 한 덩이 미스릴에도 필적한다.

어떻게 농락해서 기밀 정보를 빼낼 순 없을까. 분명 놀랄 만한 정보가 나올 것이다. 거리를 좁히기 위해 난 좀 더 붙임성 있게 행동해야 할까.

"쿠가, 이 녀석의 HP가 25% 이하가 되면 《감정》으로 모니터링 해줘!"

"……어떻게 내가 그 스킬을 가진 걸 알고 있는 거야?"

"그건 나중에. 아무튼 체력이 2할이 남으면 발광할 거야. 내가 신호를 주면 둘 다 한번 멀리 떨어져 줘."

『알았어, 나루미 군!』

《감정》은 비장의 수단이었는데……. 나중에 반드시 추궁해야겠다. 어쨌든 이 남자라면 발광할 때까지 문제없이 탱커를 계속 할 수 있을 것이다. 하지만 발광 후에는 최심부의 플로어 보스에도 뒤지지 않는 강력하기 그지없는 스킬을 쓰니, 전용 장비도 없이 혼자 어떻게 할 수 있을 것 같지는 않다.

뭔가 생각지도 못한 수단이 있는 건가. 아니면 제국의 기밀을 더 보여 줄까. 아주 흥미롭지만 그 전에 일단 물어보자.

"나루미 소타. 뭘 할 생각이지?"

"내가 발광 스킬을 **피할** 테니까, 그게 끝나면 무기 스킬을 써서 공격을 재개해 줘. 발광 후에는 통상공격이 안 통해."

피하다니 무슨 소리냐. 이 악마의 발광을 한 번이라도 본 적이 있으면 그런 건 도저히 불가능하다는 걸 알고 있을 텐데. 하지만 지금까지의 나루미 소타를 보면 정말로 피해 낼지도 모른다. 정말이지 정체를 알 수 없는 남자다.

"……지금 HP 26%"

『발광이라면 ’리치‘의 발광 같은 위험한 걸 쓰지?』

“그래. 1000발의 마법탄을 쏘지.”

『1000발?! 괘, 괜찮아?』

“23%”

발광이 발동되는 HP가 가까워짐에 따라 고전을 면치 못해 떨떠름한 얼굴을 하고 있던 악마가 다시 잔학한 웃음을 되찾았다. 이제야 겨우 끔찍한 죽음을 안겨줄 수 있다고 생각할 것 같은 얼굴이다.

“21%.”

“온다, 둘 다 떨어져!”

『믿을게! 나루미 군!』

“맡겨둬!”

서둘러 갑옷녀와 함께 큰 방의 구석까지 대피했다. 레서 데몬의 발광 스킬은 일단 넓은 범위에 괴멸적인 피해를 초래한다. 충분한 거리를 둬야만 한다.

“그샤이아그아아아아아! 죽어라아아!”

20%가 남은 그때, 시야가 파란 빛으로 빈틈없이 채워졌다. 땅울림과 같은 저주파 포효와 함께 검붉었던 악마의 전신이 파랗게 불타오르는 불꽃에 휩싸이고 광장이 답답할 정도의 《오라》로 채워졌다.

이 상태가 되면 이 매직 웨펀이라도 통상공격은 통하지 않게 되고 공격력 보정이 붙은 스킬이 아니면 대미지를 줄 수 없게 된다. 하지만 문제는 그게 아니라 그 직후에 쓰는 스킬이다.

악마가 네 개의 팔을 들어올리자 머리 위에 나타난 것은 직경 3m 정도의 원형 마법진. 복잡한 문양이 그려져 있고, 문자 같은 곳에서 새까맣고 질척질척한 마력이 흘러넘쳤다. 이만큼 떨어져 있어도 피부가 따끔따끔할 정도로 무시무시한 마력 밀도다.

저 마법진에서 강력한 마법탄을 소환해서 연속으로 쏘는 게 레서 데몬의 발광 스킬. 한 발도 일반적인 건물을 산산조각 낼 정도의 위력을 자랑하니 몸에 직격당하면 어지간히 중무장이라도 하지 않으면 죽음은 피할 수 없다.

대책으로 시행되는 방법은 둘. 하나는 수많은《안티 미사일》마도구를 다중 기동해서 결계를 펼치면서 마법공격에 강한 순 미스릴 방패를 몇 개나 써서 공격에 버티는 방법. 이건 본국이 취하는 가장 안전한 전술이지만 마도구는 아주 비싸고 마법탄을 너무 많이 맞은 순 미스릴도 쓸 수 없게 되어 폐기처분 당해서 이 전술을 한 번 쓰기만 해도 거액의 자금이 날아간다. 그럼에도 불구하고 이 싸움에서 그만한 이익을 볼 수 없다는 게 최대의 디메리트다.

또 하나는 피해를 각오하고 피하는 방법. 필요한 것도 없고 싸게 먹히지만 피해를 전혀 예측할 수 없다는 치명적인 디메리트가 있다. 타겟이 고정되지 않았는데 마법탄이 흩뿌려지면, 이만큼 넓은 공간이라도 거의 모든 곳에 착탄될 것이다. 까딱 잘못하면 전멸하는 것도 이상하지 않다. 일반 공략 클랜이 쓰던 방법이지만 이건 솔직히 말해서 도박 그 자체다.

(어느 쪽도 선택하지 않겠다는 건가?)

바로 지금, 마법탄의 조준이 눈앞에 있는 남자에게 고정되어 극대 마법탄이 발사되려 했다. 그런데 나루미는 뭔가 특수한 아이템을 쓰려는 기색도 없었고, 그렇다고 해서 도망치는 것도 아니고 우뚝 선 채로 움직일 기미가 보이지 않았다. 저 히죽거리는 얼굴이 신경 쓰이지만 지켜보도록 하자.

마법진이 한 순간 눈부시게 빛나더니 몇십 개나 되는 파란 광구가 동시에 고속으로 분사되어 나루미가 있던 곳 주변으로 빛의 선이 되어 착탄했다. 동시에 폭음이 울렸고, 깔끔하게 나열되어 있던 돌바닥이 뒤집혀 흙먼지가 기세 좋게 피어올랐다. 게다가 1초도 지나지 않아 똑같은 개수의 광구가 소환되어 틈을 두지 않고 발사되었다. 광구 소환은 계속해서 이어졌다. 마치 면을 제압하기라도 하는 듯한 명백한 과잉 화력이다.

폭격 범위는 확대되어 갔다. 소환되는 광구의 수도 점점 더 늘었고, 그 광구들이 빗발치듯이 계속해서 쏟아졌다. 나루미가 있던 곳은 주변을 포함해서 더는 무사한 곳 따위는 어디에도 없다. 장엄했던 성당의 큰 방도 크레이터 투성이가 되어 보기만 해도 무참한 모습으로 전락했다.

레서 데몬의 발광 스킬을 실제로 보는 건 처음이었는데, 영상으로 본 것과 실제 현장은 전혀 달랐다. 눈앞에 펼쳐진 괴멸적인 참상에 어쩔 도리 없는 공포가 치밀어 올랐다. 옆에 있는 갑옷녀는 딱 한 발짝 뒷걸음질 쳤지만 버티고 서서 '힘내라 힘내라'라며 도끼를 휘두르며 응원했다. 대견하지만 별다른 장비도 하지 않고 저 정도의 폭격을 당하면 아무리 초인적인 센스를 가진 나루미라도 살아남을 수 없을 것이다…….

(하지만 최대의 문제는 해결됐다.)

저 방어력을 올리는 《오라》는 건재하니 앞으로 장기전이 되겠지만 승기는 있다고 생각해도 좋다. 한 명의 희생으로 해결됐다고 생각하고 심기일전해서 가야만 한다. 갑옷녀의 화력에도 의지하지 않을 수 없으니까.

"갑옷녀…… 이제 심기일전해서——."

『나루미 군!』

"그럼, 둘 다——."

흙먼지가 걷히니 거기엔 아무 일도 없었던 것처럼 서있는 남자가 있었다. 옷에 묻은 먼지를 태평하게 털고 있었다. 정말로 저 극대 마법탄의 폭풍을 피한 건가……. 아무리 그래도 있을 수 없는 일이다.

"——반격해 보자고."

"그샤아아그아아아아아! 죽어라아아!"

(우호오오…… 무서워라.)

레서 데몬이 의기양양한 얼굴로 거대 마법진을 발동해 나를 조준했다. 한 발도 어지간한 몬스터가 쓰는 마법보다 몇 배는 화력이 높은데, 그걸 1000발이나 쏘는 걸 보면 게임 밸런스 좀 생각하라고 말하고 싶다.

여러 아이템이나 스킬을 최대한 구사하면 대처하는 것도 가능하겠지만, 지금 나에겐 어느 선택지도 고를 수 없다. 제대로 된 방어구는 미스릴 장갑 정도밖에 안 차고 있고, 갑옷은 집에서 먼지를 뒤집어쓰고 있던 돼지가죽 경갑. 물론 어떤 인챈트도 걸려 있지 않아 대미지 경감 효과도 기대할 수 없다.

(그리고 저 둘도 보고 있고.)

충분히 일이 번거로워졌다고는 해도 보여 주는 스킬은 최소한으로 한정시키면서 이 난국을 이겨 내고 싶다. 그렇다면 어떻게 할 지가 문제인데, 물론 비책은 있다.

이 보스 구역 일대에 깔려있는 돌바닥. 게임에선 돌바닥 중 하나를 움직이면 게이트 방으로 통하는 수직굴이 있었는데, 여기서도 똑같은 구조로 돼있는지 어떤지는 들어왔을 때 제일 먼저 조사하고 확인을 끝냈다.

소환해서 전투가 벌어지면 이동 제한이 걸려 밖으로 나가거나 게이트 방까지 가는 건 불가능해지지만, 수직굴과 바로 아래에 있는 작은 방에만은 출입이 가능하다. 이 녀석의 터무니없는 발광을, 그 구멍에 들어가서 넘기는 작전이다.

주의해야만 하는 점은 수직굴에 들어갈 때 레서 데몬에게 들켜서는 안 된다는 것. 만약 들키게 되면 수직굴을 통째로 파괴하거나 어그로가 리셋되어 마법탄을 텐마 일행에게 조준할지도 모르기 때문이다.

흐름상으로는 마법탄을 맞고 흙먼지가 피어올라 내 모습을 확인하기 어려워진 후에 수직굴로 들어가는 수순이다.

처음엔 바로 직격을 노리지 않고 공포를 맛보게 하기 위해 퇴로를 없애고 둥글게 나선을 그리듯이 쏠 것이라 생각하니, 폭풍에 주의하면서 나도 똑같이 피하기만 하면— 되지만 확신은 없다. 게임에선 그랬을 뿐이라 다르면 난 죽을지도 모른다.

왜 이렇게 된 건지 현재 상황을 냉정하게 파악하려고 하면 할수록 웃음이 나온다. 우는소리를 하면 봐주지 않을까 싶어서 레서 데몬의 염소 얼굴을 살짝 봤는데, 아무래도 봐줄 것 같지 않으니 언제든지 수직굴에 도망칠 수 있도록 몰래 가까이까지 이동해 두자.

(자 그럼. 잘 되면 좋겠는데…… 온다!)

반짝 하고 거대 마법진이 빛났고 동시에 파란 고밀도 마법탄이 수십 개 소환되었다. 몇 초 정도 두둥실 떠있나 싶었는데 급가속해서 섬광이 되어 쏟아졌고, 시야가 새파랗게 물들었다. 레벨 20이 된 나도 마법탄의 궤적이 조금밖에 안 보일 정도로 빨랐다.

그래도 게임과 마찬가지로 나선형으로 쏜 것만은 확인됐으니 충분하다. 순간적으로 착탄지점에서 소용돌이치듯이 움직인 직후, 아주 가까이에서 폭발하는 파열음이 수없이 울리고 돌바닥이 깨져 파편이 힘차게 흩어졌다.

예상보다 흙먼지가 조금 부족해서 도주용 흙연막을 땅에 던지고 미끄러지듯이 입구를 열고 몸을 넣었다.

"하아…… 하아…… 됐나? 진짜 죽는 줄 알았네."

위에서는 폭음이 계속 울리고 있으니 일단은 성공인가. 내가 아직 저기에 있는 줄 알고 희희낙락하며 쏘고 있겠지만, 결국엔 하급 악마. 몸은 커도 지능은 고블린 수준이다. 상위 악마였으면 묘하게 머리가 잘 돌아가서 똑같은 수법은 못 쓰겠지만.

숨을 고르면서 소형 휴대 랜턴으로 비추며 사다리를 내려갔다. 10m 정도 내려가자 내 방보다 좁은, 돌벽으로 둘러싸인 공간 중앙에 진한 쥐색으로 빛나는 보물 상자가 놓여 있었다. 매직 아이템이 확정으로 들어 있는 [은 보물 상자]다. 역시 있었나.

던익에선 게이트 방에서 가까운 이 보물 상자를 두고 쟁탈전이 벌어져서 언제 와도 속이 텅 비어 있었지만 이쪽 세계에선 인식 저해가 걸려 있어서인지 아무도 가지러 오지 않는 모양이다. 바로 작은 수납함에서 할머니의 가게에서 산 [보물 상자 열쇠·은]을 꺼내 열었다.

사람 한 명은 들어갈 수 있을 정도로 큰 보물 상자인데 안에 들어있던 것은 빨간 보석이 달린 작은 반지 한 개뿐. 하지만 크기가 곧 가치인 건 아니니 실망할 필요는 없다. 손에 들고 잘 보니 보석 주위에 반짝거리는 가루눈 같은 게 흩날리고 있었다.

"이건…… 혹시 정령이 깃들어 있는 건가."

매직 아이템 중에는 아주 드물게 정령이 깃들어 있는 게 있으며, 그 아이템들은 계속 쓰면 진화한다는 특성을 가지고 있다. 입수했을 때는 효과가 약하더라도 잘 키워나가면 강력한 효과를 발휘해서 플레이어 사이에서 놀랄 만한 가격으로 거래되고 있던 아이템이다.

이 빨간 보석에 깃들어 있는 정령은 생명력을 높이는 카벙클인 것 같으니 HP회복 효과를 기대할 수 있을 것이다.

"어차피 까진 상처 정도밖에 치료하지 못하겠지만 일단 장비해 둘까…… 아니, 야."

어느 손가락에 낄지 생각하며 데굴데굴 굴리고 있으니 짜증이 느껴지는 불쾌한 마력이 느껴졌다. 혹시 의지라도 있는 걸까. 일단 무시하고 껴보니 효과는 있는지 온몸에 있던 작은 상처가 순식간에 아물어 갔다. 효과는 1분 당 HP+1 정도였을 것이다. 그래도 평소에 쓰기에는 충분하고도 남는 성능일 것이다.

위쪽에선 폭발음과 진동이 더욱 커져 떨어지는 모래먼지와 파편도 서서히 늘어나기 시작했다. 슬슬 끝날 때다. 그럼 마지막 마무리를 해볼까.

"쿠오아아아아!!"

파랗고 농밀한 《오라》를 온몸에 두르고 날 쥐어서 으스러뜨리려고 팔을 뻗었지만 움직임이 빨라진 것도 아니라서 작게 선회하면 여유롭게 피할 수 있다. 피하는 김에 도발 스킬을 중복해서 걸어 두자.

『간다아~~!《내려치기》!!』

"하나 더 가져간다……《더블 스팅》."

발을 크게 내딛어 점프해서 치켜든 거대한 양손도끼에 혼신의 힘을 실어 수직으로 내려치는 텐마. 충격파가 발생할 정도의 참격은 《오라》와 두꺼운 표피를 간단히 가르고 크리티컬 대미지를 가했다.

레서 데몬은 너무나도 큰 고통에 몸을 웅크리고 한 손을 짚으며 움직임을 멈췄고, 무방비해진 팔에 정확하게 스킬을 맞혀 잘라내는 데 성공하는 쿠가. 네 개 있었던 팔은 이미 세 개를 잘려 남은 팔은 하나뿐. 재생이 따라가지 못해 온몸에서 피를 뿜고 만신창이에 움직임도 상당히 둔해졌다. 이제는 구워먹든 삶아먹든 마음대로 할 수 있는 상태다.

(공격에 전념한 두 사람의 화력이 예상 이상이었어.)

몸 전체가 《오라》로 뒤덮여 방어력이 월등히 상승한 레서 데몬의 HP를 설마 10분도 안 돼서 깎아 내다니. 도발 스킬이 없었으면 어그로를 계속 끄는 건 도저히 불가능했을 것이다.

"아이템 분배는 어떡할 거야……. 이 악마의 뿔은 좋은 소재가 된다고 들었어."

『전설의 대악마는 어떤 맛이 날까~. 두근두근..』

"크아아…… 아아……."

이미 아이템 분배 이야기를 하고 있었다. 텐마는 허리 부근에 도끼 스킬을 쓰면서 '이 근처에 있는 안심, 드랍하지 않으려나~' 같은 무자비한 말을 했고, 쿠가는 계속해서 뿔을 뽑으려고 단검을 휘두르며 뛰어다녔다.

한편 레서 데몬은 인간의 말을 아는지 맨 처음 소환됐을 때와 비교하면 몰라볼 정도로 가냘픈 신음소리를 내고 있었다. 어째 약자를 괴롭히고 있는 것 같은 기분이 안 드는 것도 아니지만. 나한테 그런 스킬을 날린 악마에게 정상참작의 여지는 없다. 물론 저 둘은 소재 욕심에 봐줄 생각 같은 건 눈곱만큼도 없는 것 같지만.

남은 HP가 한 자릿수가 되어 승리가 확실해졌을 때 레서 데몬이 날카롭게 외치기 시작했다. 이건 악마계 몬스터 특유의 SOS 스킬이다.

가까이에 있는 몬스터, 혹은 혼이 공명하는 다른 악마족에게 '부하가 될 테니 도와줘!'라고 굴욕의 헬프콜을 하는 건데, 이 층에 몬스터는 나오지 않고 가까운 층에도 악마 같은 건 리젠되지 않는다. 즉 무의미한 스킬로 전락한 것이다.

"그럼 목숨 구걸도 끝났으니 마무리로— 아니?!"

『엣. 이게 뭐야~?』

설설 기는 레서 데몬의 숨통을 끊으려고 검을 치켜들자 내 눈 바로 앞에 보라색으로 빛나는 환영이 나타났다. 누군가가 《게이트》를 써서 여기에 오려고 하고 있다.

무슨 일인지 셋 다 떨어져서 상황을 보고 있으니, 안에서 튀어

나온 건——.

"여긴가? 역시 여기다…… 꽤나 마소가 옅네. 어라?"

인간으로 치면 중학교에 들어갈까 말까 할 정도의 앳된 모습이 아직 남아있는 얼굴. 길고 낙낙한 금발에 반짝반짝 빛나는 빨간 눈동자. 하얀 비늘 같은 전신갑옷 위에 가장자리가 빨갛게 장식된 칠흑의 망토. 머리에는 큰 말린 뿔이 자라나 있었다. '전투 모드'에 들어간 마인이다.

난 이 마인을 알고 있다. 하지만 기억에 있는 그 마인은 더 얌전하고 쭈뼛거렸을 건데…… 아무래도, 아니, 상당히 상태가 이상하다.

"어라라. 아키라에 코토네…… 그리고 왜 뚱땡이까지? 이건 어떻게 된 인선인 거야."

날 보고 과장되게 놀라는 포즈를 취하는 마인. 어떻게 우릴 알고 있는 건가. 그건 아마 **그런** 것이겠지.

"넌 누구야. 그 뿔…… 악마의 동료?"

『악마? 근데 어떻게 우리의 이름을 알고 있는 걸까~.』

연하 남자아이처럼 생겨서 둘은 그다지 경계하지 않는 모양이다. 하지만 그 생각은 빨리 고쳐야만 한다. 이 세계에서 외모와 힘은 그렇게 연관성이 없으니까. 실제로 이 마인의 레벨은 레서 데몬을 아득하게 능가하고 있다.

"그오오오…… 그오오오……."

"응? 그러고 보니 네가 날 불렀지. 하지만 지금은 바쁘니까. 방해꾼에게는~《아가레스 블레이드》."

마인이 손목을 손목을 뒤집듯이 스킬을 발동시키자 시야가 빛
에 휩싸이고 굉음과 폭풍이 일었다. 갑작스럽게 일이 벌어져 우
두커니 서있던 우리 셋은 날아가 버렸다.

이후에 남은 것은 세로로 파인 땅 속에서 두 동강이 난 레서 데
몬이었던 것. 그것도 천천히 사라져 마석과 뿔만 남았다.
"그래서 말인데, 나 '바깥'에 나가고 싶은데. 어떻게 하면 되는
지 가르쳐 주지 않을래."
엎드려서 올려다보니, 맨 처음 나타났을 때와 변함없이 광기에
찬 눈이 반짝반짝 빛나고 있었다.

후기

오랜만입니다. 어쩌면 처음 뵙겠습니다. 나루사와 아키토입니다. '재악의 아발론' 3권을 사주셔서 감사합니다.

이번 3권에서는 반 대항전이 메인인 이야기입니다. 조용한 학교생활을 소망하는 주인공 소타 군이 반 친구들의 성원(?)에 떠밀려 던전에 도전합니다만…… 거기에 너무 개성적인 히로인들, 라이벌과 적 조직도 등장해서 과연 아무 일도 없이 무사히 끝낼 수 있을 것인가. 그럴 리가 없죠, 서브 타이틀대로입니다. 재밌게 읽어주셨으면 좋겠습니다.

그럼 다음 권인 4권은 2023년 가을이나 겨울 무렵에 전해드릴 예정입니다. 모험가 학교뿐만 아니라 여러 세력도 첫선을 보입니다. 인터넷판과는 조금 달라질지도 모르지만 어떻게든 예정대로 간행할 수 있도록 힘내고 싶습니다.

그리고 드디어. 만화판(이웃집 영 점프에서 현재 최신 3화까지 무료로 읽을 수 있습니다) 연재가 시작되었습니다. 사토 제로 선생님의 손에 새로운 생명을 부여받은 '재악의 아발론'을 꼭 봐주세요. 아주 섬세하고 멋진 그림을 그리는 분이라 저로서는 기쁘고 기분이 묘해집니다. (감사합니다!)

마지막으로 이 자리를 빌어 감사 인사를 하게 해주세요. 많은 이야기를 들려주신 담당 편집자님(요전에는 재밌었습니다!), 영혼이 깃든 멋진 일러스트를 그려 주신 KeG선생님, 알기 쉽고 좋은 문장으로 이끌어 주신 교열자님, 멋진 책으로 만들어 주신 디자이너님, 인쇄소 여러분, 깊이 감사드립니다.

무엇보다 이렇게 3권까지 간행할 수 있었던 것도 많은 독자님들 덕분입니다. 최대급으로 감사드립니다.

그럼 다음 권에서 또 만나요.

2023년 4월 나루사와 아키토

SAIAKU NO AVALON 3

ⓒAkito Narusawa
Originally published in Japan 2023 by HOBBY JAPAN Co., Ltd

재악의 아발론 3

2024년 9월 15일 1판 1쇄 발행

저　　　자	나루사와 아키토
일 러 스 트	KeG
옮 긴 이	박정철
발 행 인	유재옥
담 당 편 집	정지원
이　　　사	조병권
출 판 본 부 장	박광운
편 집 2 팀	정영길 조찬희 박치우 정지원
편 집 3 팀	오준영 이소의 권진영
디 자 인 랩 팀	김보라
디지털사업팀	박상섭 김지연 윤희진
라이츠사업팀	김정미 맹미영 이윤서
영업마케팅팀	최원석 박수진 이다은
물 류 팀	허석용 백철기
경 영 지 원 팀	최정연
발 행 처	(주)소미미디어
인 쇄 제 작 처	코리아피앤피
등　　　록	제2015-000008호
주　　　소	서울시 마포구 토정로 222, 502호(신수동, 한국출판콘텐츠센터)
판　　　매	(주)소미미디어
전　　　화	편집부 (070)4260-1393, (070)4260-1391 기획실 (02)567-3388 판매 및 마케팅 (070)8822-2301, Fax (02)322-7665

ISBN 979-11-384-2953-5 (04830)
ISBN 979-11-384-8205-9 (세트)